KB094984

# 다시 한 번 5

손종호 장편소설

초판 1쇄 찍은 날 § 2016년 6월 8일
초판 1쇄 펴낸 날 § 2016년 6월 15일

지은이 § 손종호
펴낸이 § 서경석

편집책임 § 고승진

펴낸곳 § 도서출판 청어람
등록번호 § 제387-1999-000006호
등록일자 § 1999. 5. 31
어람번호 § 제1-2452호

주소 § 경기도 부천시 원미구 부일로 483번길 40 서경B/D 3F (우) 14640
전화 § 032-656-4452  팩스 § 032-656-4453
http://www.chungeoram.com
E-mail § chungeorambook@daum.net

ⓒ 손종호, 2016

ISBN 979-11-04-90837-8 04810
ISBN 979-11-04-90670-1 (세트)

손종호 장편 소설

FUSION FANTASTIC STORY

다시 한번

5

도서출판 청어람

# 목차

# 1장

## 휴가 II

"참 나… 별게 다 궁금하시네. 복순 씨께서 들어봐야 좋은 얘기 아니니까, 신경 끄시고 이만 숙소로 돌아가기나 하죠?"

[치! 그쪽이야말로 어차피 좀 있으면 알게 될 텐데, 너무 비싸게 구는 거 아냐? 그러지 말고 그냥 좀 알려주시죠?]

어차피 알게 될 거면 좀 참든가. 범죄 얘기 들어서 좋을 게 뭐 있다고, 그렇게 째려보시나.

"나도 잘생긴 거 아니까, 그만 노려봐. 얼굴 뚫리겠다."

[뭐래? 그 나이면 못해도 20년은 넘게 거울을 봤을 텐데

얻다 대고 잘생겼대? 진짜 승민 씨, 뚫린 입이라고 너무 아무렇게나 지껄이는 거 아냐?]

어차피 몸 찾으면, 기억도 못할 텐데… 이걸 그냥…….

"농담 좀 했다고, 지껄인다고 말할 것까진 없지 않냐?"

[어머~ 미안해라~ 농담이셨어요?]

잠시 동안, 꼴도 보기 싫은 눈초리로 나를 위아래로 훑어보던 그녀가 갖잖다는 듯 중얼거렸다.

[그 얼굴로 무슨……. 헛소리할 시간 있으면, 얼른 후배 이야기나 해주시죠, 미남 씨?]

"알았으니까, 사람 깔보는 것 같은 눈초리 좀 풀지?"

[미안~ 너무 멋있어서 그런가? 눈을 뗄 수가 없네.]

"…그냥 듣기나 해라."

후우, 말할 생각 따윈 전혀 없었는데, 대체 어쩌다 이렇게 됐는지 모르겠구만. 뭐, 다 자업자득인가.

"근데, 어디서부터 말을 해야 되나. 아! 오늘 아침 먹고, 요트 타러 간다고 했잖아."

[응. 근데 설마… 그게 그 윤 뭐시기란 후배 때문에 그런 거란 소리는 아니지?]

"어느 정도는……?"

그렇게 말하며 머리를 긁적이자 복순이… 주제에 한심하단 눈빛으로 이쪽을 바라본다.

[진짜… 오지랖 한번 넓네. 아니면… 설마 승민 씨, 그 후배 좋아해?]

"뭐? 너, 미쳤냐? 그게 무슨 말도 안 되는 소리야?"

[그렇잖아. 요트 예약 확인하는 거 들어보니까, 사비로 하는 거 같던데. 아무나 잡고 물어봐. 다 내가 맞다고 그럴 걸?]

흐음… 하긴, 모르는 사람 눈엔 그렇게 보이려나?

"대충 이해는 했는데, 그런 거 아니니까 관심 끄세요."

[그게 아니면 뭔데? 혹시 범죄만 보면 참을 수 없는 열혈 검사셔? 그렇다고 보기엔 집에서 검찰 쪽 전화 올 때마다 너무 경기를 일으키는 거 같은데?]

속일 사람을 속이라는 듯 눈썹을 들썩인 그녀가 검지를 좌우로 흔들어댔다.

[아무한테도 말 안 할 테니까, 이 누나한테만 살짝 말해 봐~]

이게 진짜 사람을 뭐로 보고…….

[알았어, 알았어. 안 하면 되잖아. 그리고 나도 승민 씨처럼 농담 좀 한 건데, 진짜 너무한 거 아냐? 난 그래도 받아 줬잖아?]

예? 당신이요?

"받아줄 만해야 받지. 지민이한테 도움받은 게 있어서 그러는 거니까, 좋은 말로 할 때 여기까지만 합시다?"

[뭔진 모르겠지만, 예슬 씨를 배신할 정도로 중요했던 거란 말이네. 으응~ 계속해 봐.]

"그래서 겸사겸사해서 요트클럽 쪽으로 이번 여행지를 정하게 됐어."

[사랑하는 후배를 위해서?]

"그랬으면 얼마나 좋았을까? 그럼 여행 내내, 솔로 주제에 커플 사이에 껴서 울상이던 우리 복순 씨가 오랜만에 활짝 웃었을 텐데? 안 그래?"

인내심을 시험하기라도 하는 것처럼 집요하게 놀려대는 그녀를 무시하며 생각을 정리했다.

그만큼 이번 사건은 나에게도 이해가 되지 않는 부분이 많았다.

[흥, 진짜 밥맛이라니까.]

"그러니까 진지한 이야기를 할 땐 좀 진지하게 받아들이세요."

어차피 대화를 해봤자 자신에게 불리한 부분이어서였을까? 별다른 반응 없이 넘어가는 모습이었다.

[그런 승민 씨도 조금은 진지하게 받아들이는 게 좋지 않을까?]

"응? 뭘?"

[그 후배 말이야. 아무것도 모르는 내가 이 정도인데, 검찰청이나 다른 사람들 눈엔 어떻게 보이겠어?]

이거야, 내가 한 방 먹었구만.

"그래. 그건 내가 좀 주의해야 할 것 같네."

[알았으면 됐어.]

"어쨌든 그래서 요트클럽으로 잡게 됐단 말이지."

[뭐가 어쨌든 요트클럽으로 잡게 됐단 말이야? 이렇게 말해놓고, 또 저번처럼 얼렁뚱땅 넘어가려고 그러지!]

"이제 말하려고 하잖아. 부탁이니까 제발 사람 말 무시하고 니 말만 하는 그 버릇 좀 고쳐라."

[내가 뭘! 승민 씨가 말을 늦게 하니까 그런 거지!]

"됐고, 이번 사건은 지민이 일은 둘째 치고, 아무래도 요트클럽이 이상하더라고."

[갑자기 무슨 소리야?]

"뭔 소리긴, 말 그대로야. 뭐, 넌 이쪽 일에 대해서 모르겠지만 지민이가 설명해 준 게 구미가 좀 당겼어."

[응?]

"미안, 생각하느라 말해준다는 걸 깜박했네. 사실 우리나라가 범죄 중에서도 특히 민감하게 치는 게 하나 있단 말이야."

말을 듣고는 잠시 생각을 하던 그녀가 고개를 갸웃하며

물었다.

[그런 게 있었어?]

"응, 하나 있지."

[그게 뭔데?]

"마약."

[에엥? 마약……? 뭐야? 내가 생각한 거랑 아예 다른데?]

"보통 살인이나, 정치 쪽 이런 생각을 많이 할 텐데. 그나마 정계에서 생각이 있는 건지, 옆 나라에서 옛날에 마약 때문에 망하는 걸 본 탓인지는 모르겠지만, 그쪽 분야에선 우리나라보다 엄격한 국가를 찾아보기 힘들어."

[그럼 승민 씨 말은 이번 사건이 마약이랑 관련이 있다는 뜻이야?]

"어. 그리고 좀 특이해. 안 그랬으면 나라도 이번 사건에 개입할 용의는 없었으니까."

[흐응… 승민 씨도 농담만 안 하면, 말은 참 잘하는 것 같아. 그래서 대체 뭔데?]

참, 고맙네……. 칭찬으로 받아들여야 하나?

"내 직감으로는 크게 두 가지가 걸리는데, 그중 하난, 왜 정황상 유력했던 마약 관련 수사에서 영장이 기각됐냐는 거야."

[이런 말하긴 미안하지만, 승민 씨는 후배 이야기만 들은

거잖아. 혹시 판사가 생각했을 땐 부족하다고 생각해서이지 않을까?]

"복순 씨, 말도 일리가 있긴 한데, 그렇다고 하기엔 OOO 요트클럽이 너무 수상하거든."

잠시 뜸을 들이자 아까 당했던 분풀이를 하려는 듯 이때다 하며, 나를 한껏 노려보는 그녀의 모습에 재빨리 뒷말을 이었다.

"작년에 이 요트클럽을 인수한 놈이 소위 말해, 깍두기야. 공교롭게도 그쪽에서 마약 관련 범죄가 일어난 건 그후고."

[뭐?]

상당히 놀란 것처럼 보이는 그녀였지만, 정말 내가 한 말을 몰라서 물은 것은 아닌 모양이다.

[승민 씨 말대로라면 우연이 아니란 거잖아?]

"응. 내 생각엔 세상에 저런 우연은 있을 리 없어. 필연이라면 또 모르겠지만."

[그럼 대체 왜 판사가 고의로 영장을 기각했을까?]

"그걸 알았으면 내가 이랬겠어? 그건 이제부터 알아봐야지."

[재밌네. 그럼 다른 하나는 뭐야?]

"아무리 요트클럽을 운영해서 상대적으로 검열하기 힘든

요트로 마약을 날랐다고 해도, 한계가 있단 말이야. 금전적으로 이익을 남기려면, 기름값은 뽑아야 하지 않겠어? 근데 이건 무슨 마법을 부리는 건지, 대량의 마약이 유통되고 있는 시점인데도 검찰 쪽에선 그 흔적조차 발견을 못 하고 있어."

[그럼, 승민 씨는 그걸 알아낼 수 있다는 말이네?]

조금은 놀란 얼굴로 바라보는 그녀에게는 미안하지만, 셜록홈즈 같은 유명 소설의 주인공도 아니고, 일개 평범한 검사인 내가 아무것도 모르는 사건을 짧은 시간 동안 해결할 수 있을 리 없었다.

"설마? 그럴 리가 있겠어?"

[에? 뭐야! 그럼 왜 온 건데!]

"조금이라도 도와주고 싶었거든. 만약 지민이가 아니었으면, 나도 내가 맡았던 사건을 해결하지 못했을지도 몰랐으니까."

[기대를 한 내가 바보지……. 그냥 그 지민이란 애를 좋아한다고 말하지 그래?]

"또, 또. 이상하게 몰아간다. 그래도 나름대로 생각한 게 있거든요?"

[예~ 여련하시겠어? 정말 후배 분께 도움이 됐으면 좋겠네요~!]

그러게. 나도 그랬으면 여한이 없을 것 같네.

"이제 대충 설명은 한 것 같으니까, 이만 들어가 봅시다."

그녀와 이야기를 하며 걷는 사이, 저 멀리서 우리가 묵었던 숙소가 모습을 보이고 있었다.

＊　　　＊　　　＊

[경로를 설정합니다.]

네비게이션에서 안내음이 흘러나오자, 오늘 운전을 맡은 현성이 놈이 외쳤다.

"그럼 이제, 대망의 요트를 타러 출발해 보실까?"

"요오!"

"출발!"

숙취는 이미 잊어버렸는지, 잔뜩 신난 친구들의 환호에 현성이 녀석이 힘차게 악셀을 밟았다.

"우와~ 승민아, 우리가 타는 배는 어떤 거야?"

시열이 녀석이 바닷가에 도열해 있는 배에서 눈을 떼지 못한 채 물어왔다. 다른 녀석들도 말만 안 했을 뿐이지, 오늘만큼은 시열이 녀석과 별반 다르지 않았다.

뭐… 이런 생각을 하고 있는 나 역시 놀라기는 마찬가지였지만.

"글쎄다. 이제 가서 물어봐야지. 선배가 기대해도 좋다고 하긴 했는데, 어떨지 모르겠네. 그럼, 다녀올 테니까, 다들 짐 내리고 있어."

"응. 근데, 저쪽에 있는 큰 배 아니면, 그냥 오지 마."

다른 배들과는 크기부터 차이가 나는 배를 손으로 가리킨 세나가 짓궂은 미소를 짓고 있었다.

"얼씨구, 윤세나. 니 액면가로 치면, 저기 가는 통통배를 타야 맞지 않겠냐? 얻다 대고… 나 참, 어이가 없어서……."

"호호호… 우리 승민이가 오늘 물귀신이 되고 싶어서 안달이 나셨나……."

언제 웃었냐는 듯 정색한 세나의 모습에 서둘러 자리를 피했을 때, 내 뒤에서 시열이의 비명이 들려왔다.

"세나야!"

달리면서 고개만 뒤로 돌려보니, 세나 씨께서 자신을 잡은 시열의 팔뚝을 열심히 깨물고 계셨다. 점점 멀어지는 그 모습을 보며 웃고 있을 때, 복순이의 다급한 외침이 들려왔다.

[승민 씨! 앞!]

어? 앞?


눈앞에 커다란 형체가 보였지만, 피해야 한다는 생각과

는 달리 미처 반응할 새도 없이, 무언가와 강하게 부딪쳤고 그 충격에 그대로 나뒹굴고 말았다.

아… 너무 신이 났나. 쓰러지면서 엉덩이를 제대로 부딪쳤는지, 다리에 힘이 들어가지 않는 탓에 주저앉은 채 앞을 보자, 20대 초반으로 보이는 청년이 나와 별반 다르지 않은 자세로 신음을 내뱉고 있었다.

"죄송합니다. 괜찮으세요?"

"예, 괜찮습니다. 저보다는 그쪽이 더 심각해 보이는데요?"

당연히 화를 낼 줄 알았던 상대는 앉아서 묻고 있는 내가 우스웠는지, 이쪽을 가리키며 미소를 짓고 있었다.

"이거, 아무래도 그런 것 같네요."

가해자인 주제에 피해자의 도움을 받는 상황이라니…….민망한 마음에 멋쩍게 웃으며 그가 내민 손을 잡고 일어나야 했다.

흠? 이 여름에 가죽 장갑이라…….망할 놈의 직업병. 지금 그게 중요한 게 아니잖아.

"근데, 무슨 일이시길래 그렇게 서둘러 뛰어가셨습니까?"

"그게 실은… 친구 녀석들이랑 장난 좀 치다 그렇게 됐습니다. 이거 괜히 저 때문에 봉변을 당하셨네요. 정말 죄송합니다."

"아니에요. 크게 다친 것도 아닌데요. 그리고 상황을 보니, 피서 오신 것 같은데 그럴 수도 있죠, 뭐."

"예. 그럼 그쪽도 휴가……?"

말이 채 끝나기도 전에 그가 손사래를 치며, 크게 한숨을 내쉬었다.

"그랬으면 저도 좋았겠지만, 사업차 잠깐 온 김에 오랜만에 요트나 타고 가려던 길이었습니다."

사업을 하기엔 너무 어린 나이인데? 아무리 많이 쳐줘도 대학생 삼사 학년 정도밖에는 안 돼 보이는 그였다.

그도 의아해하는 내 눈빛을 읽었는지, 먼저 말을 꺼내왔다.

"사업이라고 해봐야 별거 아니에요. 그냥 아버지 일 도와드리는 거라서요. 엄밀히 따지면 심부름이죠."

"아… 그러셨구나. 괜히 저 때문에 귀한 시간 뺏긴 거 아닌가 모르겠습니다."

"아니에요. 오랜만에 한국에 와서 그런지, 그냥 말만 해도 즐거운데요. 뭐 상황은 조금 아쉽지만요."

자신이 넘어져 있던 바닥을 슬쩍 보고는 개구쟁이처럼 웃는 이 청년이 점점 마음에 들기 시작했다.

"어디 외국에서 살다 오셨나 봐요?"

그 말에 그가 낯선 사람과 부딪혔을 때도 보이지 않던

씁쓸한 얼굴로 고개를 끄덕였다.

"예, 그랬죠……. 이번 달에 필리핀에서 귀국했거든요. 어학연수다 뭐다, 이곳저곳 돌아다니다 보니 생각만 해도 진절머리가 나네요. 그래도 이젠 돌아왔으니 다행이지만."

흐음. 보아하니, 자의로 간 건 아닌 모양이네.

"이거, 말이 길어졌네요. 바쁘실 텐데, 다음에 또 인연이 되면 뵙죠."

그건, 이쪽이 할 말인데? 어떻게 잘생긴 놈들은 하나같이 매너까지 좋은지 모르겠다.

"저야말로 죄송하죠. 제가 괜히 한눈을 파는 바람에 이렇게 된 걸요."

"이거, 자꾸 그러니까 허리가 아파오는 것 같네요. 그러지 말고 우리 여행객끼리 우연히 인사를 나눴다고 생각하죠?"

"그럼 그럴까요?"

"예, 그럼 즐거운 휴가 보내세요."

그 인심만큼이나 호쾌하게 뒤로 돌아서는 청년의 모습을 잠시 바라보다, 선착장 근처에서 기다리고 있을 요트클럽 관계자를 만나기 위해 발걸음을 옮겼다.


[흐웅…….]

"왜?"

[왜긴 왜야? 아쉬워서 그렇지.]

내가 된통 욕을 먹는 모습을 상상했을 텐데, 안타깝게 됐구만.

"이게 다 평소 인덕이지."

[웃겨. 인덕은 무슨! 아까 그 사람이 착한 거지. 그런 상황에서 화 안 내는 거 보면, 자잘한 일에도 사사건건 시비는 어디 사는 좀팽이랑은 차원이 다르네.]

"누군지 모르겠지만, 그 좀팽이란 양반이 무보수로 탐정일까지 하고 계신 걸로 아는데?"

[피… 말이나 못하면, 근데 저 사람 내 스타일은 아니야.]

"얼굴 반반하고 복순 씨 말대로면 매너까지 좋은데 뭐가 또 불만이실까?"

[한여름에 가죽 장갑 낀 거 보면 모르겠어? 분명 바이크 마니아야. 안 봐도 훤하지. 어휴, 첫눈 온다고 눈길에서 오토바이 타자고 할 거 생각하면…….]

흐음… 그럴 양반으론 안 보이는데? 하긴, 사람 속을 어떻게 알겠어.

사람들이 분주히 움직이고 있는 선착장에 도착하자, 그중 딱 눈에 들어오는 사람이 있었다.

저 사람인가? 나만 그렇게 생각한 것이 아닌지, 한쪽에서서 연신 주변을 두리번거리는 남자를 발견한 복순이 손을 들어 그를 가리켰다.

[승민 씨, 저 사람 같은데?]

"응, 그런 것 같아. 가보고 아니면 전화하면 되니까 일단 가보지, 뭐."

이곳과는 안 어울리게 정장을 깔끔히 차려입은 중년의 남자에게 다가가자, 이내 고개를 한번 갸웃거린 그가 웃으며 말을 건네왔다.

"실례지만, 혹시 오늘 요트 대여 예약하신 최승민 씨 맞으십니까?"

"예, 맞습니다."

"아이구, 안녕하세요. 너무 젊으셔서 혹시나 했는데 맞으시군요."

친절한 대응과는 달리 미세하게 안색이 굳었던 걸 보면, 철없는 부잣집 도련님 비위를 어떻게 맞춰줘야 할지 고민하는 눈치다.

"아, 예. 그러셨군요."

"근데, 제가 듣기로는 총 여덟 분이시라고……."

"맞아요. 배를 어디서 타야 하는지 몰라서 일단 짐부터 내리고 있으라고 했거든요."

"아… 그럼 바로 준비해 드리면 될까요?"

"그래주시면 감사하죠."

"이쪽으로 다 같이 오시는 줄 알아서 짐차를 준비를 못 했습니다. 죄송하지만, 일행 분들께는 이쪽으로 와달라고 말씀 좀 전해주셨으면······."

이래서 서비스업이 힘든 거지. 잘못은 이쪽해서 해도 찰떡같이 맞춰줘야 하니······.

"아니요. 사실, 저희가 잘못 생각한 건데요."

"아닙니다. 미리 말씀 못 드린 저희 탓이죠. 그럼 부탁 좀 드리겠습니다."

고개를 꾸벅 숙인 남자가 요트를 준비하기 위해 잠시 자리를 비우자, 꼬투리를 잡은 복순 씨께서 고새를 놓치지 않고 물고 늘어지셨다.

[피, 괜히 승민 씨 때문에 친구들만 고생하네? 설마? 요트 처음 타봐?]

그렇게 말 안 해도 나도 잘 알거든? 언제 이런 걸 해봤어야 알지 않겠냐······.

"후, 그렇게 잘 아시면 미리 말씀을 해주시든가요? 아! 입은 헤벌쭉하게 벌리고선 요트 구경하기 바쁘셨지."

[누, 누가! 괜히 민망하니까 나한테 시비야!]

"예, 예. 어련하시겠어요. 그럼, 멍청한 저는 이만 전화 좀 할게요?"

분을 참지 못하고 이리저리 날아다니며 쫑알대는 생령을 무시한 채 전화를 걸자, 잠시 연결음이 몇 번 울린 뒤 핸드폰 너머로 현성이 녀석의 목소리가 들려왔다.

―여보세요? 어떻게, 만났어?

"어, 근데……."


*　　　　*　　　　*


"야, 너 편해 보인다?"

차라리 내 짐까지 들어준 현성이나 시열이 녀석이 이런 말을 하면 덜 억울할 텐데. 고작 가방 하나 달랑 매고 온 주제에 말은…….

"세나야, 미안해."

"진짜 요트 타니까 봐준다. 안 그랬으면 국물도 없었어."

"그래, 세나 말대로 요트가 살렸다. 아오."

사람이 실수 좀 할 수도 있는 거지, 친구라는 것들이…….

"승민이가 미안하다잖아. 다들 그만해. 별것도 아닌 거 가지고."

"박시열! 넌 지금 누구 편을 드는 거야?"

"미안하다고 했잖아. 나라고 이럴 줄 알았겠냐? 금방 요트 올 거니까, 놀기 전에 기운 빼지 말고 그만 진정들 해."

하, 요트 한번 타기가 이렇게 힘들어서야……

"저는 요트 책임자이자, 선장인 윤동수라고 합니다. 손님
분들께서 탑승하신 이 요트의 정식 명칭은……"

그렇게 요트와 일정에 대해서 설명을 마친 남자가 고개
를 꾸벅 숙여왔다.

"…필요한 게 있으시면 언제든지 말씀해 주십시오. 그럼
오늘 하루 동안 잘 부탁드립니다."

이래서 이분이 아까 안색을 굳혔던 건가. 단순한 안내역
이 아니었으니, 그럴 만도 하지.

"야, 뭐야? 요트 대여했다 해서 우리끼리 노는 줄 알았더
니, 유람선도 아니고 뭘 보러 가는 거야?"

벌써부터 맥주 한 캔을 딴 현성이 녀석이 약간 불만 섞
인 목소리로 귓속말을 해왔다.

"예약하면서 물어보니까, 아침엔 물이 차가워서 들어가지
도 못한다고 하더라고."

"그래?"

"어, 어차피 시간 많으니까, 한두 시간 유명한 곳 좀 둘러
보다, 점심 먹고 실컷 놀면 되지. 안 그래?"

"그려, 마음대로 하세요."

요트를 타서 기분이 좋은지, 맥주를 한번 홀짝인 녀석은 별말 없이 지선 씨가 있는 곳으로 발걸음을 옮겼다.

[으응? 뭐야? 이상하네. 예약할 땐 분명, 그런 말 한 적 없잖아?]

"내가 그랬나? 아닌 것 같은데?"

짓궂게 웃자 그녀의 미간에 주름이 잡혔지만, 이내 뭔가 떠올랐는지 갑자기 씨익 하고 웃으며 이쪽을 바라보는 게 왠지 불길했다.

[뭐야, 그 재수 없는 웃음은……? 빨리 말 안 하면, 이따 갈아입을 속옷이 없을지도 모르는데, 괜찮겠어?]

"…너 장난 아니라, 진짜 그러면 가만 안 둬……."

내 말을 무시하며 방문에 머리만 살짝 넣은 채, 안의 상황을 확인한 그녀가 입을 열었다.

[그건, 승민 씨 하기 나름이지~ 곧 있으면 예슬 씨 썬크림 바르고 나올 텐데…….]

"알았으니까, 그쯤 해라……. 실은 짚이는 게 있어서 이 근처 섬들 좀 둘러보려고."

[아침에 말했던 게 이거야?]

뭐야, 그 멍청한 표정은?

"기껏 말해줬더니, 왜 그래?"

[아니, 이해가 안 돼서. 마약을 찾는다더니, 갑자기 섬은…

으응~ 승민 씨 예상대로라면, 섬에 숨겨났을 수도 있다?]

"이제야 머리가 조금 돌아가시나 보네."

[에이, 너무 말이 안 되니까 그렇지. 아무리 섬이라고 해도 여긴 어떻게 보면 관광지잖아. 설마 그런데 숨겨났겠어?]

원래 등잔 밑이 어두운 법이야. '설마 그랬겠어?'라고 넘어갔다가 당한 적이 한두 번이어야 말이지.

"수사란 건 그렇게 시작하는 거야. 의심스럽다고 생각했을 땐, 일단 조사해 보는 거지. 뭐, 밑져야 본전 아니겠어? 안 나오면 경치 구경했다 치면 되고."

[설마, 내 몸 찾는 것도 그런 식으로 하고 있었던 거야?]

뭘 기대했는지 모르겠지만, 최첨단 과학 장비나 특별한 수사 법칙을 적용해서 찾고 있지는 않습니다만?

"에이, 설마 그러겠어?"

[어라? 갑자기 왜 눈을 피해? 이씨! 말하다 말고 어디가!]


"와… 진짜 경치 좋다."

요트가 물살을 가르며 두 개의 섬 사이를 통과하자, 예슬의 입에서 감탄사가 튀어나온다.

"그치? 어때, 이제 오빠가 좀 달라 보여?"

웃음을 터뜨린 그녀는 마치 어린아이를 달래듯 내 얼굴을 검지로 밀어내며 말했다.

"에휴, 응. 달라 보여. 이제 됐어?"

"야, 무드도 없이 그게 뭐냐? 이거 준비하려고 내가 얼마나 고생을 했는데."

"치. 선배가 다 해줬다며, 자기는 그냥 밥숟가락만 얹어 놓고선 너무 생색내는 거 아냐? 다른 애들도 속으로 나처럼 생각할걸?"

그 선배란 인간 얼굴 좀 보고 싶네……. 있지도 않은 선배한테 밀리고 나니, 기가 차서 말도 안 나왔다.

"으이구! 알았어~ 고마워."

[푸하하하… 승민 씨, 이제 됐어?]

에휴, 뭘 기대한 거냐. 생령까지 붙어 있는 이 마당에 로맨스는 무슨…….

[괜히 어쭙잖게 들이대지 말고, 수사에나 집중하시죠?]

안 그래도 그럴 참이야. 어디 보자. 아무래도 이목이 없는 밤에 실을 텐데, 물살도 빨라서 그러기엔 마땅치 않겠어.

그렇게 요트 클럽 근방의 섬이란 섬은 다 둘러보았지만, 마땅히 의심이 가는 곳은 찾을 수 없었다.

내 예상이 틀린 건가? 그렇다면 어떻게든 영장이 나올 방법이라도 찾아야 되는데.

[흐음. 이제 어떡할 거야?]

"어떡하긴 뭘 어떡해. 신나게 즐기면서 머리 좀 식혀야지."

[방금 전에 실컷 물놀이까지 해놓고선 또 무슨 머리를 식힌다는 거야? 오늘밤에 시간도 없는데, 너무 태평한 거 아냐? 이럴 거면 후배 친구한테 말이나 하지 말든가.]

"왜 오늘밤에 없어. 휴가가 아직 이틀이나 더 남았는데."

[뭐야? 그러면 내일 안 올라가고 남을 생각인 거야?]

"어. 온 김에 들릴 곳도 있고 해서, 원래 그러려고 했어."

[들를 곳?]

"응, 예전에 고등학교 다닐 때 같이 하숙했던 형이 이 근처에서 일하거든."

[으응. 그래? 근데, 다른 사람들은 어쩌고. 예슬 씨가 서운해하지 않겠어?]

"그러지 않게 만들어야지."

[어떻게?]

"애들은 몰라도 돼요."

[흐응……? 얼마나 대단한지 구경이나 해볼까나?]

…이건 무슨 기집애가 부끄러운 줄도 몰라.

그녀의 예상치 못한 반격에 붉어진 얼굴을 숨기며 서둘러 선상으로 가자, 저녁 식사를 위해 바다가 한눈에 들어오는 식탁에 빙 둘러앉은 친구 녀석들이 요트클럽 직원들이 내려놓는 요리들을 보며 감탄사를 내지르고 있었다.

"와~ 이게 다 뭐야?"

"이거 랍스터 맞지?"

시열이 녀석이 큼지막한 랍스터가 담긴 접시가 자신에게 오자, 눈을 껌벅이며 세나에게 물었다.

"박시열, 죽을래? 내가 촌티 내지 말랬지?"

윤세나 씨, 그게 더 이상하거든요…….

그래도 요트에서 하는 식사여서 잔뜩 분위기를 잡을 거라고 생각했는데, 평소와 다름없이 왁자지껄한 모습이 녀석들 다웠다.

"승민 씨, 고마워요. 승민 씨 덕분에 제가 이런 데도 다와 보네요."

하… 친구 녀석들이 이런 말을 해주길 바랐는데… 망치로 랍스터를 두드리기 바쁘시니.

"아니에요, 유미 씨. 제가 뭐 한 게 있나요? 선배 덕분이죠."

"에이, 그런 게 어딨어요? 후배가 승민 씨니까 선배 분도 흔쾌히 도와주신 거겠죠."

"그런가요? 이거 괜히 쑥스럽네."

내가 머리를 긁적이자 그제야 친구 놈들도 분위기를 파악했는지 하나둘 말을 건네왔다.

"쑥스럽긴, 이 정도 했으면 어깨 펴도 돼, 자식아."

"그래. 현성이 말대로 오늘은 정말 고맙다."

지훈이 녀석까지 거드니, 이거 정말 손발이 오그라들어서 몸 둘 바를 모르겠다.

"얘들 말대로 승민이 너치곤 제법 잘했어."

"어이구. 우리 세나 씨께서 저한테 그런 말씀을 다 해주시고 이거 정말 영광이네요."

"최 집사, 남의 집 마나님한테 기웃거리지 말고, 와인이나 한 잔 따라봐."

옆을 보니, 예슬이가 능청스러운 얼굴로 와인 잔을 내밀고 있었다.

"어련하시겠습니까. 따라드려야죠."

시간이 멈춘 것 같다는 느낌이 이런 걸까? 바다 위에서 폭죽 소리와 함께 밤하늘을 수놓고 있는 불꽃들을 바라보니 문득 그런 생각이 들었다.

"후… 요트 타고 끝일 줄 알았는데, 이런 대접을 받을 줄이야. 승민아, 정말 내가 이래도 되나 싶다."

분위기에 흠뻑 취했는지, 지선 씨의 어깨를 감싼 현성이 녀석이 내게 말했다.

"야, 오늘 아니면 이런 날도 없어. 우리 인생에 언제 또 이러겠냐? 그냥 편하게 즐겨."

"그게 마음대로 되냐? 아까 선장님 말로는 이 요트는 원래 이렇게 못 빌린다며. 아까 보니까, 일반 요트가 돛단배처럼 보이더만. 참, 너도 가만 보면 재주도 좋아."

"알았으면 앞으로 잘 모시든가?"

"그래야지. 앞으로도 최승민 여행사 애용할 테니까 그건 걱정하지 말어."

"웃기고 있네. 오늘까지만 영업하고 폐업할 거니까 다들 그리 알어. 공무원이 투 잡 뛰어서야 되겠어?"

"응, 그래. 승민아, 그동안 고생 많았어. 너만 하면 되겠어? 돌아가면서 해야지. 안 그래, 다들?"

지훈의 말에 분명 한 소리 할 줄 알았던 세나 마저, 지훈이 녀석이 가리키는 곳을 한번 보고는 고개를 끄덕였다.

하… 이것들을 믿은 내가 병신이지.

"그래. 그러지, 뭐. 그럼 다음엔… 예슬이가 맡아서 해."

"내가?"

세나의 말에 많이 놀랐는지, 손으로 자신을 한번 가리킨 예슬이 나를 바라봤다.

"그럼 그럴까?"

고등학교 이후로 잘 보여주지 않던 악마의 미소를 지은 채로.

이거야 원, 독박을 쓰게 됐구만.

　　　　　*　　　　　*　　　　　*

　불꽃놀이를 즐기고 방으로 들어오자마자, 쾅 하고 문을
세게 닫은 예슬이 가볍게 가슴을 미는 행위로 나를 침대로
몰아넣고는 내게 물었다.

　"오늘은 정말로 하루가 어떻게 갔는지 모르겠어. 너는 어
땠어?"

　나 역시 분위기에 취해서였을까? 오늘따라 요염해 보이
는 그녀의 모습에 무심코 마른침을 삼키며, 그녀의 다음
동작을 기대하고 있었다.

　"예슬아……."

　"왜?"

　참지 못하고 입에서 튀어나온 한마디를 들은 그녀는 야
릇한 미소를 지으며 양손으로 내 볼을 감싼 채 점점 가까
이 다가왔다.

　그렇게 분위기가 고조되고 있을 때, 내 눈앞에 보이는 방
문에서 보고 싶지 않은 얼굴이 튀어나왔다.

　[어머……? 이게 무슨 일이야?]

　"오늘따라 왜 이리 덥지?"

　"예… 예슬아… 잠깐만, 지금은 이럴 때가 아닌 것 같아."

미친 생령에게 이게 무슨 짓이냐는 눈빛을 보내며, 윗옷을 벗으려는 예슬을 황급히 멈춰 세워야 했다.

[미안, 근데 이건 내 잘못 아니야? 이거 왜이래? 나도 눈치는 있는 사람이야. 아무리 급해도 부적은 주고 가야 하는 거 아냐?]

옆에 누워 곤히 자고 있는 예슬의 모습을 보니, 생령 덕분에 폭풍 같았던 어제 일이 모두 꿈만 같았다.

"뭐야……."

내가 뒤척이는 소리에 잠에서 깼는지, 졸린 눈을 비비며 핸드폰을 한번 들여다본 예슬이 다시 베개에 고개를 파묻으며 물었다.

"왜 이렇게 일찍 일어났어?"

"그냥, 눈이 떠지네."

"그럼 피곤할 텐데, 좀 더 자."

"괜찮으니까. 난 신경 쓰지 말고, 자."

자신의 곁으로 나를 눕히려는 그녀의 머리를 쓰다듬어 준 뒤, 좋았던 분위기를 망친 생령 씨를 만나기 위해 자리에서 일어났다.

흐음. 찾을 필요 없어 좋긴 한데, 뭘 잘했다고 기세등등한 얼굴로 노려보시나……?

[남자가 그렇게 아침잠이 많아서 되겠어?]

"그런 말을 하기엔 시간이 너무 이르지 않나."

[흐응? 몇 시인 줄 알긴 해?]

꼭 그걸 시계를 봐야 아나? 한여름에 이렇게 어두운 걸 보면, 척하면 척이지.

"지금 시간이 중요한 건 아닐 텐데. 입이 있으면 변명이라도 해야 되는 거 아냐?"

[내가? 왜?]

"그걸 지금 정말 몰라서 묻는 건 아니지?"

[아~! 난 또 뭐라고… 내가 미안해야 하는 건가?]

"너……."

입가에 미세한 미소를 머금은 복순이 가느다랗게 눈을 흘기며 이쪽을 바라보는 걸 보고 있자니, 정말 기가 찬다.

[흥. 조금 있으면 나한테 고맙다고 해야 할 사람이 그렇게 뻣뻣하게 나와도 되겠어?]

"웃기고 있네. 그럴 일 없으니까……."

사람이 말을 하고 있으면 듣는 척이라도 해야 되는 거 아닌가? 어디서 개가 짖냐는 듯 자리를 피하는 생령의 팔을 움켜잡았다.

"너 진짜 혼나볼래?"

[승민 씨, 마음은 이해하는데 그것보단 이게 더 중요한

것 같아.]

"뭔데……?"

진지한 그녀의 눈빛에 화내려는 것도 잊은 채, 그렇게 묻고 말았다.

[좀 이야기가 길어질 것 같은데, 여기서 말하긴 그렇지 않나. 누가 나오기라도 하면 입장 곤란해지는 건 승민 씨 아냐?]

주위를 한 번 둘러본 복순이 손을 들어 자신의 방을 가리키고는 싱긋 웃으며 발걸음을 옮겼다.

"너… 대체 무슨 짓을 한 거야."

그런 복순을 따라 방에 들어서자마자, 그녀가 건네준 것은 다름 아닌 핸드폰이었다.

"더군다나 이거 내 거잖아?"

아무리 생각해 봐도 왜 이게 그녀의 방에 있는지 전혀 감이 잡히지 않았다. 아니, 그전에 이걸로 무엇을 했던 걸까?

[그건 직접 확인해 해보세요.]

"그렇게 말해봐야 내가 알 리가 없잖아. 뭘 확인하라는 거야?"

[진짜… 눈치 없다니까. 대체 그 머리로 검사는 어떻게 됐는지 몰라. 설마 백이라도 있는 거야?]

쓸 백이라도 있었으면 그 고생했겠어. 어떻게 붙은 건지는 나도 신기하니까 묻지 마라.

[자, 이제 됐지.]

핸드폰을 낚아채 간 복순이 기분 나쁜 것이라도 만진 양, 잔뜩 인상을 찌푸리며 핸드폰을 다시 건넸다.

"복순 씨, 고거 좀 물어봤다고 그럴 것까진 없지 않습니까?"

[승민 씨 때문에 그런 거 아니니까, 괜한 사람 잡지 말고 그거나 보시죠?]

음? 이건……?

너무나 뜻밖의 사진에 놀라고 있을 때, 빈정거리는 목소리가 들려왔다.

[영장 기각은 아무래도 마약 때문이 아닌가 봐. 참, 대단한 나라야.]

60대는 족히 넘어 보이는 늙은이가 젊은 여인과 차마 입에 꺼내기도 뭐한 행위를 하고 있는 적나라한 모습이 담긴 사진은, 염세적인 그녀의 말에도 내가 별다른 대꾸를 할 수 없게 만들고 있었다.

"대체 이건 어떻게 찍은 거야?"

[어제 잠깐 별이나 볼까 해서 나왔는데, 요트가 한 채 움직이는 게 보이더라고. 근데 생각해 보니까 그 야밤에 요트

가 왜 움직여. 그래서 혹시나 승민 씨 말대로 마약을 옮기나 해서 가봤더니… 아주 가관이던데.]

잠깐… 그 말은 부적도 없이 움직였다는 말이잖아?

"미쳤어? 그러다 잘못되면 어쩌려고? 거길 니가 왜 가?"

[이거 왜 이래? 언제는 없애지 못해서 안달이었으면서, 이제 와서 걱정해 주는 척은…….]

…하긴, 내가 할 말은 아닌가? 그래. 오히려 고맙다고 해야 맞겠지. 내가 그녀였다면, 절대로 이런 일은 없었을 테니.

[그리고 그만큼 깨웠으면 일어났어야지. 그랬으면 내가 갈 일도 없었잖아. 뭐야? 왜 승민 씨답지 않게 꿀 먹은 벙어리처럼 가만히 있어? 평소라면 버럭 화냈을 좀팽이가?]

"좀팽이라 미안하네. 뭐, 생각해 보니까 화낼 일은 아닌 것 같아서. 고마워."

[흥! 알았으면 내 몸 찾는 것도 나처럼 열심히 해줬으면 하는데? 자기 일도 아니면서 이런 일로 괜히 시간 뺏기지 말고!]

"알았어. 돌아가면 정말 열심히 찾아볼게."

[피… 말은…….]

고개를 팩 돌리는 그녀의 모습을 보니, 그다지 믿음을 주진 못한 것 같다.

[그럼 이제 어떻게 되는 거야?]

"응? 뭐가?"

[그 사진에 나온 노친네가 누군지는 모르겠지만, 이럴 때 적당한 절차 같은 거 있지 않아?]

"일단 누군지부터 알아봐야지. 서로 뒷배 봐주는 사이인 거 같은데. 지역 유지이거나, 국회 쪽에서 입김 꽤나 내뿜는 양반일 테지만."

[흐응. 이 정도면, 영장 받을 수 있지 않아? 왜 기운이 하나도 없어?]

"어이가 없어서 그렇지. 별의별 생각을 다 했는데, 고작 노망난 늙은이의 성욕 때문이었을 줄은 상상도 하지 못했으니까."

그렇게 말하며 다시 바라본 핸드폰 액정에 비친 사진 속에, 축 처진 뱃살처럼이나 떨리고 있는 볼살이 놈을 더 추해보이게 만들고 있었다.

"그래도 용케 들키지 않고 찍었네. 핸드폰이 혼자 둥둥 떠다니고 있었으면, 나였다면 곧바로 눈치챘을 것 같은데?"

[아… 이쪽은 신경 쓸 겨를도 없어 보이던데?]

＊　　　　＊　　　　＊

"아, 벌써 끝이야?"

차가 주차된 장소에 도착하자, 아쉬움을 토로하는 현성이 녀석의 눈길은 이미 지나쳐 온 선착장으로 향했다.

"그러게 말이다. 10분 탄 것 같은데, 벌써 내리라네. 승민아, 가서 하루 더 빌린다고 해."

녀석의 말에 대꾸하는 지훈 역시 떠나기 싫은지, 유미 씨가 한마디 할 때까지 애꿎은 차키만을 계속해서 돌리고 있었다.

"그럼, 지훈 씨가 돈 내면 되겠네. 다들 안 그래요?"

"어라? 그런 방법이 있었네요?"

지선 씨가 그녀의 말에 동조하자, 세나가 그새를 놓치지 않고 말했다.

"오~ 왜 우리가 그걸 몰랐을까? 승민아, 뭐 해, 안 다녀오고?"

"미안, 잠깐만 기다려. 금방 다녀올게."

나까지 동조를 하자, 차마 말은 못하겠는지 유미 씨를 향해 썩소를 지은 지훈이 녀석이 너스레를 떨며 차 문을 열었다.

"아휴! 내가 진짜 니들 출근만 아니었어도 벌써 연장했어……. 다들 내일 출근해야지. 얼른 타."

그런 지훈에게 한마디씩 던지며 하나둘 차에 탔고, 곧 우리 차례가 되었다.

하지만 내가 움직이지 않고 가만히 있자 어깨를 툭 친 예슬이 장난기 가득한 얼굴로 물었다.

"뭐 해, 안 갈 거야? 아니면 지훈이 대신에 니가 내려고?"

"그럴 리가. 먼저들 올라가 봐. 사실 난 일이 좀 있어서, 내일쯤 올라가 봐야 할 것 같아."

갑작스러운 말에 모두 황당해하고 있을 때, 현성이 어이가 없다는 듯 내게 말했다.

"갑자기 일이라니? 승민이 너 출발할 땐, 그런 말 없었잖아?"

"에휴, 저 좋은 요트를 그냥 빌려줬겠어? 당연히 그 선배 일도 떠맡지 않았겠냐?"

"뭐어? 그럼 진작 말을 해주지. 그런 줄도 모르고… 괜히 눈치 봤잖아!"

"에이씨! 이럴 줄 알았으면 와인 좀 더 먹고 오는 건데!"

아주 이럴 때만 죽이 척척 맞는구만. 뭐, 이런 게 녀석들 나름대로의 위로법이겠지만.

"죄송해요. 그런 줄도 모르고……."

사과라면 녀석들을 속이고 있는 제가 해야 마땅한데요.

"괜찮아요, 유미 씨. 서로 재미있게 즐기셨으면 된 거죠. 사실 일이라고 해봐야 별거 아니에요."

"야, 우리가 안 괜찮으니까 다음부턴 그런 거라면 그냥 받지 마."

현성의 한마디에 주변에서 야유가 쏟아진다.

"이런 것들을 친구라고. 사람 염장 그만 지르고 올라가 봐."

"그래. 그럼 이만 가볼게. 덕분에 정말 잘 놀다 가네. 일 마무리하고 올라오면 연락해. 누나가 술 한잔 쏠 테니까."

"윤세나, 그 말 잊지 마라. 저번처럼 또 시치미 떼면 혼난 다?"


[흐응… 그럴싸한 핑계네. 근데, 다들 정말 친해 보이는데, 굳이 그렇게 속일 필요가 있는 거야?]

멀어져 가는 차를 보며, 알 수 없단 얼굴로 복순이 물어 왔다.

"왜 그래? 난 복순 씨 말대로 괜한 오해 안 만들려고 나름대로 애쓴 건데?"

[누가 그거 말했나. 요트 때문에 그런 거지. 설마 승민 씨가 부자인 거 모르는 건 아니지?]

"나름대로 사정이 있으니까, 거기까지만 합시다."

[진짜야? 얼마나 대단한 사정인진 모르겠지만, 그러다 나 중에 후회하지 않을까?]

"복순 씨?"

[알았어요. 맨날 나한테만 승질이야.]

언젠간 녀석들에게도 진실을 말해줘야겠지. 아직은… 그 저 때가 아니었다.

[얼씨구? 오늘 영춘도인지 어디인지 가야 한다며, 뭘 그렇게 멍하니 서 있어?]

"누가 보면, 그쪽이 가는 줄 알겠어? 좀만 더 조사해 보고 갈 거니까 걱정 마셔."

[뭘 또 조사해? 그 사진이면 충분히 영장 나온다며?]

"어. 그렇긴 한데, 그래도 마약은 찾아야 할 것 같아."

[이 정도 했으면 그쪽에서 알아서 하겠지. 왜 사서 고생이야?]

"아무래도 커넥션이 해경 쪽에도 있을지도 모르니까 그렇지."

[이해를 못 하겠네. 대체 무슨 커넥션?]

"아니, 생각해 봐. 이상하지 않아? 누군가 말을 했으니까, 미리 영장을 발부받는 걸 알고 그 영감이 막지 않았겠어?"

[그 노인네가 판사한테 미리 언급했겠지.]

계속 수사를 하려는 내가 마음에 안 들었는지, 그녀의 제스처가 점점 격해져 갔다.

"아무리 그래도 늙은이가 정력이 좋아봐야 얼마나 좋겠

어? 온종일 여기에 상주하진 않았을 거 아냐. 오히려 요트 클럽 쪽에서 소문을 듣고, 노인네한테 뒤를 봐달라고 부탁했다는 게 맞지 않을까?"

[그럼 승민 씨 생각엔, 이번에 영장을 받아도 마약은 못 찾을지도 모른다는 거야?]

"그래. 해경 쪽에 정말로 앞잡이가 있으면, 백날 요트를 조사해도 허탕 칠 가능성이 높지."

[흐응… 그러면 반대로 말해서 우리가 마약을 찾아도 결국 해경이 알게 되면, 그놈들이 미리 **빼돌릴** 수도 있다는 말이잖아.]

"그건 아니지."

[에엥… 왜?]

"장소만 알면, 굳이 해경을 이용할 필요 없이 검찰 쪽에서 수거하면 되니까."

[너무 복잡하게 생각하는 것도 안 좋은 버릇이야.]

"마지막에 방심해서 다 잡은 고기 놓치는 것보단 낫지 않겠어?"

[하여튼 자기만 잘났지. 결정적인 증거를 잡은 게 누구였더라~]

우쭐한 얼굴로 앞장서라고 외치는 모습에 잠깐 울컥했지만, 도움 받은 게 있던 터라 별수 없이 그녀의 비위를 맞춰

줘야 했다.

[어제랑 사뭇 다르네? 요트에서 낚시 배라니… 아, 이런
꼬질한 배엔 타본 적이 없어서 그런가, 멀미가 심해지네.]

생령 주제에 머리를 부여잡고 바닥에 주저앉는 꼴이라
니…….

"지금은 복순 씨랑 말하기 곤란하니까, 제발 가만히 좀
있어 줄래?"

에휴… 바랄 걸 바라야지.

"하아… 저기, 손님. 죄송한데 낚시라는 게 말입니다. 사
람이 안 온다고 고기가 많은 게 아니거든요."

평소 뱃삯의 두 배를 준다는 말에 냉큼 배를 움직인 선
장의 검게 그은 얼굴, 위쪽에 자리 잡고 있는 주름이 깊게
파인 이마는 누가 봐도 그가 잔뜩 짜증이 나 있다는 것을
알게 해주고 있었다.

하긴, 낚시라고는 알지도 못하게 생긴 젊은 녀석이 베테
랑인 자신을 무시한 채, 자꾸 엉뚱한 곳에 배를 대달라고
하면 나라도 열불이 날 것 같다.

"그래요? 제가 듣기로는 그런 데가 명당이라던데요?"

"예에? 누가 그런 말도 안 되는 말을 했는지 모르겠는데,
제가 낚싯배 경력만 15년입니다. 진짜 기가 차네요… 방금

지나간 저 자리가 진짜 평소엔 구하고 싶어도 못 구하는 곳이에요."

"그럼……."

자신의 말을 이해했다고 생각을 했던 걸까. 그가 반색을 하며, 나를 바라봤다.

"저기만 들러보고 안 잡히면, 그곳으로 가죠."

"아니, 무슨 10분 넣어보고 자리를 따집니까……."

"작년에 친구따라 주꾸미 낚시를 갔을 땐 그냥 넣기만 해도 바로바로 잡히던데요?"

"주, 주꾸미요? 하아… 마음대로 하세요."

진짜 손님만 아니면 당장에라도 바다에 메다꽂을 기세로 이쪽을 노려보던 그가 더 이상 대화를 해봐야 손해라고 생각했는지, 거친 숨을 몰아쉬며 운전대로 향했다.

"어차피 돈만 받으면 되지, 뭐. 어디서 주꾸미같이 생긴 놈이… 퉤!"

[아휴, 진짜 적당히 하지. 아저씨, 완전 뿔났네.]

계속 동문서답하는 내게 친절히 답해주던 선장이 혼잣말을 하며 화를 참는 모습이 안쓰러웠는지, 그녀가 혀를 차신다.

나라고 이러고 싶겠냐… 조폭이 관련된 일에 저분이 알아서 좋을 거 없으니까 이러는 거지.

"한번 던져 보시죠……."

인근의 섬이라곤 이미 거의 돌아봤기에, 미리 동네 사람들에게 물어물어 겨우 알게 된 백도 근처에 배를 세운 선장이 빈정거리며 말했다.

"예, 그러죠."

말과는 달리 미끼조차 제대로 끼우지 못하는 모습을 보던 선장은 낚싯대를 뺏듯이 가져가더니, 부러질까 걱정이 될 정도로 힘껏 낚싯대를 던졌다.

"여기 있습니다……."

"감사합니다."

뒤에서 들려오는 선장의 한숨 소리를 외면하며 살펴본 백도는 그 모습이 마치 섬이 아니라 조금 면적이 큰 바위 같았다.

울퉁불퉁하고 날카로운 지형 탓에 사람이 제대로 설 자리조차 없어 보이는데. 굳이 가볼 필요도 없겠는 걸. 이만 돌아가 볼까?

[승민 씨, 여기 이상한 게 있는데?]

뭐야? 대체 어디서 말하고 있는 거야? 주위를 둘러봤지만, 그녀의 모습은 보이지 않았다.

[뭐야? 어딜 보고 있는 거야?]

소리가 들려온 쪽을 바라보자, 방금 전까지 보이지 않았던 복순 씨가 백도 위에 둥둥 떠 있었다.

이쪽에서 봤을 때는 전혀 이상한 게 없어 보이는데?

"뭔데?"

[승민 씨! 뭐라고? 안 들려? 크게 말해봐!]

에휴… 저 등신……. 손으로 선장을 가리키자 그제야 깨달았는지, 이쪽으로 날아오기 시작했다.

[아, 미안~ 자꾸 깜박하네.]

"됐고, 본 거나 말해봐."

[가운데에 조금 큰 구멍이 있던데? 근데, 어두워서 안이 안 보여. 꽤 깊나 봐.]

여기서는 전혀 안 보이는데, 그런 게 있다고?

"그럼 한번 가볼까나."

[그럴 필요 없어. 아마 마약이 있을 거야.]

"안 보인다며 어떻게 알아?"

[어떻게 알긴, 안에 밧줄이 한두 개가 아니니까 알지~]

"그래도 확인해 봐야지. 괜히 나중에 아니면 골치 아파."

[진짜. 힘쓰게 만드네…….]

그러게 한번 할 때 확실히 하면 어디 덧나냐. 잠시 후, 섬에서 돌아온 그녀가 무언가를 내게 던졌다.

선장이 보기라도 했으면 어쩌려고…….

[이제 됐지?]

"이거야? 허… 생각보다 상태가 꽤 좋은데?"

[그렇겠지. 007가방 같은 거에 담겨 있는 걸 보면, 꽤나 공 좀 들였더라고.]

"근데 그걸 대체 어떻게 열었어?"

[뭘 어떻게 열어? 부숴 버렸지.]

"간단히 부숴지디?"

[그럴 리가? 그래서 힘 좀 쓴다고 했잖아.]

이번 사건은 이 아가씨 덕을 톡톡히 보는걸.

"아무튼 이만 돌아가 보자. 완도까지 가려면 한참일 텐데."

[완도? 이 근처라며 거긴 왜!]

"낸들 아냐? 제주도에서 타고 오든지…… 거기서 배 타래."

자, 이제 마지막 난관인 뿔이 잔뜩 나신 선장님의 설득만 남은 건가…….

\*　　　　\*　　　　\*

[와… 드디어 도착했네…….]

완도에서 2시간이나 걸려 도착한 추자도에서 다시 배를

타고 한참을 이동한 뒤에야 목적지인 영춘도에 발을 내디
뎠으니, 복순 씨가 앓는 소리를 낼 만했다. 낚시인들의 성
지라고 불리는 추자도… 과거엔 서 부장이 그곳에서 돌돔
을 낚았다느니 하는 자랑만 들었을 뿐 직접 가본 적은 없
는 곳에 오게 될 줄이야.

[참 나, 형은 대체 뭐 하는 사람인데, 서울에서 같이 하숙
했던 사이라더니 이런 곳까지 와서 일을 하는 거야?]

"민우 형? 내가 말 안 했던가? 의사."

[엥, 의사? 진짜? 의사가 대체 왜 이런 곳까지 왔데?]

"여기도 사람 사는 곳인데 병원은 없어도 보건소 정도는
있어야 하니까 그렇지."

[호오… 승민 씨랑 다르게 봉사 정신이 투철한가 보네?]

얼씨구. 퍽이나 그러시겠다. 직접 만나보면 그런 말 못할
걸?

"그런 거 아니거든요? 뭐라고 설명해야 되나. 그냥 편하
게 군의관이라고 알면 돼."

[군의관? 그럼 군복무 중이라는 거야?]

"어, 공중보건의라고 군복무 대신 하는 거라고 보면 돼."

[으응, 그렇구만. 그럼 귀하신 의사님은 어떻게 만나면
되나?]

"배에서 내리면 바로 보인다고 했었는데 막상 와보니까

형이 장난을 좀 친 거 같네."

100가구도 채 살지 않는다는 민우 형의 말대로 그리 크지 않은 섬이었지만, 그래도 이래선 보건소를 찾기는 쉽지 않을 것 같았다.

[이젠 섬만 봐도 징글징글하거든요? 얼른 어디 있는지 물어보시죠?]

그래도 생물학적으론 분명 여자일 텐데, 이 아름다운 경치를 보고 한다는 소리가 고작 그거냐…….

"알았으니까. 제발 보채지 좀 마. 솔직히 힘든 건 복순 씨보다 나거든요."

[참 나, 남자랑 여자랑 같나? 암만 봐도 여자인 내가 더 힘들지 않을까?]

"그런 말은 몸부터 찾고 말씀하시죠?"

[찾아주시든가!]

"하여간, 성질은……. 잠깐만 앉아서 기다려 봐."

그렇게 말을 했지만, 복순과 대화를 하기 위해 잠시 배에서 떨어진 사이, 함께 타고 온 사람들은 이미 다들 자리를 떠난 뒤였다.

[뭐야? 왜 그냥 와?]

"보면 몰라? 사람이 있어야 물어보든 말든 할 거 아냐?"

[그럼 그렇지. 승민 씨를 믿은 내가 바보지…….]

"시끄러. 일단 도로라도 따라서 가봐야 할 것 같으니까 일어나기나 해."

도로를 따라 5분쯤 걸었을까? 그래도 다행히 멀리서 소형 트럭 한 대가 이쪽으로 오는 것이 보였다. 서둘러 손을 흔들자, 그것을 봤는지 이내 트럭은 우리 앞에 멈춰 섰고, 곧이어 운전석 쪽 창문이 열리며 얼굴이 약간 상기된 중년의 남성이 말을 걸어왔다.

"에엥? 못 보던 얼굴인데? 혹시 낚시하러 왔나?"

"안녕하세요. 뭐, 비슷합니다. 아는 형님이 여기서 일하고 있다고 해서 찾아뵈러 왔거든요."

"그려?"

"예. 근데 길을 잘 몰라서 그러는데, 혹시 보건소가 어디인지 알 수 있을까요?"

"보건소면……."

자세히 듣기 위해 그에게 가까이 다가가자, 남자의 입에서 퍼지는 알코올향이 코를 찔러왔다.

"어이고. 누굴 찾아왔나 했더니, 우리 의사 선상님 찾아오셨구만. 얼마 멀지도 않으니께 태워줄 테니 어여 타쇼."

"아, 아닙니다. 바쁘실 텐데, 그냥 길만 알려주시면 제가 찾아갈게요."

"그럴려? 왜? 그래도 거리가 좀 되는데 타고 가지?"

아무리 그래도 검사가 돼서 음주운전은 어떻게 넘어간다 쳐도, 같이 타고 갈 수는 없지 않을까…….

"정말 괜찮습니다. 사실은 제가 배를 타고 오는 동안, 멀미를 해서 차를 타긴 좀 부담스럽거든요."

내 변명이 통했는지, 그 마음을 이해한다는 듯 고개를 끄덕인 그가 친절하게 보건소가 있는 곳을 알려줬다.

[장난해? 태워 준다잖아?]

"복순 씬 코가 막혀서 모르시겠지만, 저 사람 술 좀 마셨더라고."

[진짜? 이제 4시가 조금 넘었는데, 무슨 깡이래?]

"몰라요. 길도 알았으니, 얼른 가기나 합시다."

진짜… 눈 딱 감고 타고 올 걸 그랬나? 가뜩이나 더운데, 길을 걷고 있자니 짜증이 솟구친다.

[차 타고 올 걸 괜히 걸어간다고 그랬지?]

평소엔 눈치도 없는 인간이 어떻게 이럴 때만 내 맘을 그리 훤히 꿰뚫고 있으신지. 눈앞의 새하얀 건물을 보지 못했다면, 아마도 이성의 끈을 놓지 않았을까…….

"놀리려고 했던 거면 타이밍을 잘못 잡은 거 같은데?"

[치, 김새게… 벌써 온 거야?]

그녀의 말을 무시한 채 보건소 문을 열고 들어가자, 시원한 공기가 몸을 감싸왔다.

"어서 오세요. 어디가 편찮으셔서 오셨나요?"

"그게, 아파서 온 게 아니라 이민우 선생님 좀 뵈려고 왔는데요."

"아! 안녕하세요. 오늘 오신다던 동생 분이신가 봐요?"

몇 가구 살지 않아서 그런지, 이방인을 단번에 알아본다.

"예, 안녕하세요. 죄송한데, 혹시 지금 뵐 수 있을까요?"

"예, 그럼요. 이쪽으로 오세요."

새하얀 간호사복을 입은 그녀를 따라 조그마한 방에 들어가자, 환자라고 생각했는지 짜증이 가득 담긴 얼굴로 고개를 든 민우 형이 나를 발견하곤 이내 미소를 지은 채 이쪽으로 다가왔다.

"야! 승민아! 진짜 오랜만이다. 대체 이게 얼마 만이야?"

"그러게요. 그래도 형, 아무리 반가워도 남자끼리 이건 좀 아니지 않나요?"

다자고짜 와락 안겨 오는 형 때문에 난감해하고 있을 때, 간호사가 못 말리겠다는 듯 민우 형을 한번 보더니, 내게 살짝 고개를 숙이곤 자리를 피해주었다.

"뭐, 어때서 인마. 너도 여기서 반년 동안 있어봐라. 똑같을걸?"

"그런가요? 그러게 왜 여기로 지원을 해서 이 고생이에요? 형 보러 오려고 지수 누나한테 전화했다가 안 말리고 뭐했냐고 괜히 저까지 욕 먹었잖아요."

"야, 다 몰라서 하는 소리야. 이런 섬으로 지원을 해야, 마지막 1년은 원하는 곳에서 근무할 수 있어. 다 자기를 위해서 남편이 고생하는데 그걸 몰라줘요……."

얼씨구? 처음 듣는 소리인데?

"그거 누나한텐 말씀드린 거예요?"

"아니, 당연히 서프라이즈지!"

으이구… 이 철없는 인간아… 누나가 참 좋아하겠다. 안 봐도 2년 후에 욕깨나 드시겠구만.

"형, 지금이라도 안 늦었으니까, 누나한테 말하는 게 좋을 것 같은데요?"

"왜? 재미없게 그걸 왜 말해."

하긴, 이래야 이 양반답지. 결혼하면 좀 달라질 줄 알았더니, 그대로구만. 애가 생기면 그땐 좀 달라지려나?

"아무튼 잘 왔어. 일 끝나려면 한 40분 정도 남았으니까, 잠깐만 밖에서 기다려. 오늘 형이랑 죽을 때까지 한번 마셔보자."

\*            \*            \*

"아니, 근데 무슨 술을 이렇게 사들고 가요? 먹다가 또 사오면 되죠."

"야, 니가 몰라서 그래. 먹다가 술 사러 가단 죽어, 인마. 거리가 얼만데… 그러다 바다에 빠진다?"

[참 나, 의사라고 해서 기대했더니… 어떻게 승민 씨 주변 엔 정상적인 사람이 한 명도 없어?]

그러게 말이다. 과거나 지금이나 인복만은 따라주질 않 네.

"몰라. 나도 그게 고민이야."

잠시 복순과 대화를 하는 사이 앞에서 낚시 도구를 짊어 진 민우 형의 목소리가 들려왔다.

"야, 승민아. 갈 길이 아직도 먼데 고작 그거 들었다고 벌 써 퍼지면 어떡하냐?"

"퍼지긴요. 잘 따라가고 있으니까 그런 걱정 말고 앞장서 시죠."

"푸우… 고생했다. 어때? 경치 죽이지?"

앞으로 추자도 근처의 수많은 섬이 한눈에 들어오는 곳 에 짐을 내려놓은 그가 마치 자신이 만든 것이라도 되는 것처럼 의기양양하게 물어왔다.

"그러네요. 이런 곳에서 살면서 형은 뭘 그리 불만이 많은 건지 모르겠네요. 저였으면 좋다고 냉큼 달려왔을 텐데."

"야, 경치도 딱 일주일이야~ 이젠 그냥 동네 풍경이다."

형의 말도 이해가 가긴 했다.

여행을 온 관광객들이야 주변 풍경이 아름답게 느껴지겠
지만, 형 말대로 이곳에서 생활하는 사람들에게는 그냥 일
상에 불과할 테니.

"근데, 너 낚시는 좀 해봤냐?"

"저요? 어렸을 적에, 저수지 물 빠졌을 때 해본 거 말고
는 없어요."

"그럼, 오늘 우리 승민이한테 낚시 좀 알려줘야겠는데?"

자신만만하길래 설마 했더니, 섬에서 반년 동안 생활하
면서 낚시만 했는지, 제법 폼이 그럴 듯하다.

"요런 식으로 하면 돼. 이제 밑밥 좀 뿌리고 기다리면 그
냥!"

"이렇게 끼우는 거 맞아요?"

"오~ 너 어릴 때 좀 해본 솜씨가 아닌 것 같은데?"

"에이, 아니에요. 이제 미끼 하나 끼웠는데, 이거 너무 띄
워주시는 거 아니에요. 그리고 바다 낚시는 처음이라 잘될
지 모르겠네요."

"괜찮아. 그렇게 배워가는 거지."

[뭐가 처음이야? 아까도 했으면서. 승민 씨는 가만 보면,

검사 말고 연기자 하는 게 더 나을 거 같아. 정말 아깐 미끼도 제대로 못 끼운 사람 맞아?]

세상살이에서 가장 중요한 건 처세술이란다. 때론 멍청하게 보여야 할 때도 있는 법이거든. 뭐, 지인 앞이라면 예외지만.

황당한 듯 쳐다보는 그녀에게 의미심장한 미소를 지으며 힘차게 낚싯대를 던졌다.

"근데 형, 낚시하러 온 건지, 술 마시러 온 건지 모르겠네요?"

이제 한 번 던졌는데, 벌써 소주 한 병을 비웠다.

"원래 이러려고 낚시 오는 거야. 괜히 낚시가 좋은 게 아니다. 술 마시러 간다고 해봐. 누나한테 죽어, 인마. 낚시 간다고 하면 그러려니 하는 거지. 그러고 나서 안 잡히면 그냥, 근처 횟집에서 한 마리 산 다음에 집에 가서 잡았다고 하면 땡이거든."

이거야, 원…… . 진작 알았으면 마누라한테 참 많이 써먹었을 텐데. 이걸 이제야 배웠구만.

"형, 근데 결혼하고 나서 얼마 안 있다가 여기로 부임한 거 아니에요?"

"그, 그렇지……?"

"근데 낚시를 다녔다는 걸 보면……."

묻지 말라는 듯 형은 그저 소주잔을 내밀었다.

"어! 야, 물었다. 기다려 봐."

고개를 갸웃하더니 이내 실망한 기색이 역력하다. 설마 놓쳤나 싶었지만, 형이 들어 올린 낚싯대엔 큼지막한 우럭 한 마리가 걸려 있었다.

"뭐예요, 그 표정은. 못 잡은 줄 알았잖아요."

"아 자식이 뭘 모르네. 우럭이니까 그렇지."

"뭐라도 잡으면 된 거 아니에요?"

"휴, 이래서 낚시 초짜랑 같이 오면 안 된다니까……. 잘 들어."

그렇게 한참 동안 돌돔은 어떻고 감성돔은 어떻다느니 일장연설을 한 형이 갑자기 자리에서 일어났다.

"사실, 나도 잘 몰라. 보건소 오는 아재들한테 물어보니까 그렇다더라고. 그건 그렇고 잠깐만 기다리고 있어."

"형, 갑자기 낚시하다 말고 어디 가세요?"

의아한 마음에 형에게 묻자, 그가 가져온 통에 우럭을 담으며 말했다.

"이거, 회 떠올라고. 이래 봬도 주치의라면서 공짜로 떠 준다니까? 그럼 갔다 올게."

그래서 아까 안주를 얼마 안 산 건가?

"예, 다녀오세요."

[참, 유쾌한 사람인가 봐?]

"민우 형? 응. 처음 봤을 때부터 저랬어. 무슨 사람이 그렇게 넉살이 좋은지, 한 삼 년은 만난 사람 같았다니까."

[부럽네.]

얼씨구. 잘난 맛에 사는 복순 씨께서 나한테 부러운 게 다 있었나?

"뭐가 부러워? 넉살은 복순 씨도 만만치 않잖아."

[치, 장난칠 기분 아니거든?]

응? 뭐야? 요트 타면서도 그런 적 없던 분이 오늘따라 왜 이렇게 센티해졌어?

"왜 그래 갑자기? 무서워지잖아. 뭐 때문에 그러는 거야?"

[뭐가… 참 재미있게 사는 것 같아서 그렇지.]

"형이, 아니면 내가?"

[둘 다. 평소엔 승민 씨가 뭘 해도 어떤 기분인지 알 것 같았는데, 이번엔 정말 모르겠어.]

"나 참, 별 이야기를 다 듣네. 그냥 사람 사는 게 다 거기서 거기지. 뭘 또 어떤 기분인지 몰라?"

[이런 게 즐기면서 산다는 것 정도? 아무래도 살아 있을 때 난 그런 적이 없었나 봐.]

"평소에 나 사는 거 뻔히 봤으면서, 무슨. 내가 행복해 보이디? 일에 치여서 죽을 것 같구만. 니가 뭘 몰라서 그러나 본데, 그냥 놀러왔으니까 그런 거야. 이럴 때라도 즐겁게 살려고, 아등바등하는 거지…….”

[그런가?]

말했다시피 나도 느낀 게 있어서 이제라도 즐기면서 살려고, 이렇게 노력하는 깃뿐이야.

“그래. 그리고 정 억울하면, 너도 몸 찾고 나면, 즐기면서 살아라? 죽은 것도 아닌데, 우울해하기는.”

[근데, 나도 몸 찾고 평소처럼 살 수 있을지 모르겠는걸.]

“웃기고 있네. 몸 찾고 나면 부모님한테 어리광이나 부리면서 친구들이랑 수다 좀 떨고, 직장이 있었으면 일에 치여서 하루하루 살게 될 텐데.”

[또 자기일 아니라고. 그런 거 말고, 생각해 봐. 누가 이런 경험을 해보겠어?]

그걸 말하는 거였나? 그거라면 걱정 안 하셔도 돼요.

“야, 넌 내가 미친 것처럼 보이냐?”

[엉?]

그리고 그런 경험으로 치면 나만 한 사람이 있으려고. 이쪽은 인생을 다시 살고 있어, 이 아가씨야.

그것도 아까 형이 말했던 것처럼 지내보니 놀라는 것도 딱 일주일이더라.

"아니, 말이 그렇잖아. 너만 그런 것 같다고 생각하지만, 어떤 인간이 이렇게 생령이랑 이야기를 하고 있냐고?"

내 말에 잠시 멍하게 서 있던 그녀가 웃음을 터뜨렸다.

[진짜 그러네? 그러고 보니, 승민 씬 내가 귀신이란 걸 알고 나서도 별로 놀라지도 않았잖아?]

엄청 놀랐는데요. 뭐, 그 이후엔 이곳으로 오고 나서 겪은 일이 한두 가지가 아니어서 그러려니 했지만.

"지가 귀신인 줄도 모르고 벌벌 떨고 있는데 놀랍겠냐? 기가 차지."

[이씨! 그 얘긴 하지 말라고 했잖아!]

얼굴이 홍시처럼 벌게진 걸 보니, 놀리는 건 이쯤 해야 할 것 같다.

"아무튼, 남 부러워해서 남는 거 없어. 못 해봤으면 이제라도 해보면 되잖아?"

[흥! 느끼한 말 좀 하지 말라니까. 재수 없어서 부럽다는 말 취소할래.]

다 잊더라도 아까 그 느낌만은 잊지 말아줬으면 하는데. 그걸 깨닫는 데 난 60년이나 걸렸거든.

그 후로 그녀와 이런저런 잡담을 나누는 사이 민우 형이 왔는지, 멀리서 발소리가 들려왔다.

"후와, 힘들다. 뭣 좀 잡았어?"

"아니요. 고기 녀석들도 초짜를 알아보는지, 영 입질이 없네요?"

일회용 접시에 한 가득 담아온 회를 내려놓은 형이 이상하다는 듯 낚싯대를 들어 올렸다.

"야, 이씨! 미끼 먹고 튀었잖아? 아, 최승민……."

"그러게, 누가 초짜 남겨놓고 회 뜨러 가래요?"

"됐다. 먹을 만큼 잡았으면 됐지. 더 잡아서 뭐하냐. 안 그래? 먹기나 하자."

회를 초장에 듬뿍 찍어 한 입 먹어본 형이 얼른 먹어나 보라며 야단이다.

"어때? 죽이지?"

"예. 이래서 사람들이 자연산 자연산 하고 노래를 하나 봐요?"

"그렇지? 아무것도 없는 그지 같은 동네지만, 이거 하난 마음에 들더라."

"근데, 형은 보건의 끝나면 어떻게 하실 거예요?"

"음… 아무래도 정신과 쪽이다 보니까, 그쪽으로 나가겠지. 아! 범죄 심리학도 공부했으니까 자문 받고 싶으면 언제라도 물어봐. 시간당 페이는 꼭 지불하고? 지인끼리 돈 관계는 더 확실히 해야 되지 않겠어?"

"언제는 편하게 살고 싶어서 그쪽으로 간다더니, 범죄 심리학은 왜 공부했데요?"

"동생 잘못 둔 덕분이지 않겠냐? 누나도 너 그 사건 때문에 검사된 거라고 걱정이 많잖아. 뭐 조금 공부하면 되는 거니까 도움이 되면 좋은 거고, 아님 마는 거고. 혹시 알아? 내 덕 좀 볼지?"

"기대해도 되는 거예요?"

"그럼 좋겠다고 말하고 싶은데? 아직은 배우는 단계라, 도움은 못 주지만 그쪽으로 유명한 교수님은 알고 있으니까, 원한다면 소개는 시켜줄게."

이 사람이 언제 이런 생각을 하고 있었는지, 모르겠다.

그렇게 웃고 떠들며 술잔을 기울이다 보니, 어느새 낚시는 뒷전이 된 지 오래였고, 결국 하숙 생활을 했을 때부터 친형과도 같이 나를 챙겨주던 민우 형과의 술자리는 새벽이 되고 나서야 끝이 났다.

\*　　　　\*　　　　\*

"죄송해요. 많이 피곤하시죠?"

아무리 급해도… 그렇지. 서울에 올라오자마자, 만나자고 할 줄이야.

"아니요. 어차피 말씀드려야 하는 일이었는데요. 한시라도 빨리 전해드리는 게 낫죠."

"그럼, 어떻게 됐는지 알 수 있을까요?"

홍다나 씨. 그런 표정을 지을 거면, 이렇게 사람을 불러내면 안 되지 않을까요? 어차피 짧은 시간이었던 탓에 별 기대를 하지 않는 것은 이해가 됐지만, 너무나 직설적인 그녀의 모습이 심기를 건드렸다.

"너무 시간이 촉박해서……."

"역시, 그렇군요."

"예, 기대에 못 미쳐서 죄송합니다. 이거 말고는 건진 게 없네요."

"네?"

손에 든 마약 봉투를 흔들자, 그에 맞춰 그녀의 눈동자가 따라 움직인다.

"그거 설마 마……?"

입을 열던 그녀가 장소를 의식했는지 황급히 말을 멈췄다.

"예, 다나 씨가 생각하는 게 맞습니다. 그리고 이건, 지민 씨 아버님께 전해주시면 알아서 잘하실 겁니다."

USB에 담은 사진까지 넘겨주며, 그간 조사했던 이야기를 해주자 그녀에게서 아까 내게 보였던 것과 같은 실망스러운 표정은 찾아볼 수 없었다.

"진짜, 대단하시네요. 설마 이렇게까지 해주실 줄은 정말 몰랐는데."

뭐, 나보단 옆에 앉아서 투덜거리고 계신 이 아가씨에게 고맙다고 하는 게 맞겠지만.

"지민이한테 듣던 거랑은 완전 다르시네요."

"예?"

"어머, 제가 말이 헛 나왔네요."

살짝 올라간 눈매를 보니, 헛 나온 건 아닌 것 같다. 사건이 해결되자, 본성을 드러내는 건가.

"지민 씨가 저에 대해서 뭐라고 했습니까?"

"사실 별말 안 했어요. 지하철에서 만난 변태 정도?"

"지민 씨한테 들었다면, 변태를 잡으려다 오해를 받은 선량한 선배가 맞을 텐데요?"

"에이, 그걸 어떻게 아나요~ 지민이 고 기집애가 순진해서 당한 거죠. 사실 둘이 공범일 수도 있었잖아요?"

"하하하. 제가 어디까지 말씀드렸었죠? 시간이 부족해서, 증거는 찾지 못했다고 했었나요?"

테이블에 놓인 증거를 다시 집으려 하자, 그녀가 해맑게 웃으며 사과를 해왔다.

"제가 농담이 지나쳤죠. 사실 지민이한테 유능한 검사라는 말을 들었을 땐, 승민 씨한테 미안한 감정이 있어서 좋게 말해주는 거라고 생각했거든요. 근데 지민이 말이 맞았네요. 이렇게 깔끔하게 해결해 주셔서 정말 감사드려요."

"뭘요. 운이 좋았던 거죠. 그리고 저도 지민 씨한테 빚이 있어서 도운 것뿐인데요. 그럼, 전에 말했던 것처럼 이건 비밀로 해주세요."

"예. 근데 지민이 아저씨께는 말씀드려야 할 것 같은데, 괜찮으시죠?"

"예, 그래야 그분도 믿을 테니 그렇게 하시죠."

"혹시라도 나중에 저한테 부탁하실 일이 있으시면 언제든지 말씀해 주세요."

국과수에서 일하는 아가씨의 조력이라면 언제나 환영이지.

"그래도 될까요?"

"그럼요. 주말은 안 되고, 평일엔 10시에서 11시 사이여야 하고 한 번뿐이지만요."

그것 참 더럽게 고맙네요.

"농담이에요. 생각보다 참 잘 속으시네요?"

당신이라면 정말 그럴 것 같으니까 그렇지.

"이거 더 있다간 무슨 말을 더 들을지 모르겠네요. 이만 일어나죠."

"설마 삐지신 건 아니시죠?"

"아닙니다. 사실은 바로 올라온 거라서 조금 피곤하네요."

"아… 죄송해요. 저 혼자 너무 들떴나 봐요."

**2장**

다시 마주친 사건

다나 씨를 만나고 난 다음 날, 아직 휴가를 다녀온 여파로 피곤에 절은 몸을 이끌고 출근을 하자, 오랜만에 지민이가 환하게 웃으며 인사를 건네왔다.

"선배, 안녕하세요. 휴가는 어떻게 잘 다녀오셨어요?"

"어. 잘 다녀왔는데, 너무 놀았나 봐. 피곤해 죽겠다."

"에이. 잘 놀다오셨으면 된 거죠~"

"나야 휴가를 다녀와서 기분이 좋다 쳐도, 너는 왜 그렇게 싱글벙글이야?"

"아! 저번에 말씀드렸던 요트 클럽 사건 있잖아요~ 잘 해결된 것 같아요~"

와우, 설마 이렇게 빨리 해결을 했을 줄은 몰랐는데?

"진짜? 잘됐네~ 너 그것 때문에, 맘고생 좀 했잖아?"

"네. 그리고 그때 선배한테 부탁 안 드려서 정말 다행이에요. 이런 줄도 모르고 계속 부탁드릴까 고민했었거든요. 다행이죠?"

"그러게. 괜히 해결도 못했으면, 망신만 당했을 거 아냐?"

"에이, 설마요~ 도와주신 것만으로도 감사했을걸요?"

엘리베이터를 기다리는 동안 사건을 해결한 장본인이 나인지도 모른 채, 사건의 전말에 대해서 자세히 설명해 주는 귀여운 후배에게 맞장구를 치고 있을 때, 뒤에서 누군가 어깨를 쳤다.

"뭐꼬? 뭔데 둘이 그렇게 신나서 떠들고 있는데?"

"어, 임 선배, 오랜만에 뵙네요."

"안녕하세요, 선배님."

"됐다, 인사는 무슨. 치아라. 것보다 뭐 때문에 그러노?"

역시나 궁금한 것 못 참는 그 버릇이 발동됐나 보다.

"아, 지민이가 전에 말했던 요트 클럽 사건 잘 해결됐다고 해서 그 이야기 듣고 있었어요."

"오~ 그래? 이야! 잘됐네. 영장은 대체 왜 기각됐다카는데? 내 말이 맞지, 판사 그노마가 괜히 꼬장 부린 거?"

확신을 한 듯 눈을 동그랗게 뜬 임 선배의 모습에 진실을 아는 나와 지민은, 선배의 심기를 건들지 않기 위해 최선을 다해 웃음을 참아야 했다.


"이야~ 이게 누구십니까? 우리 검사님, 아주 태닝 한번 제대로 하셨습니다?"

여전히 무심하게 고개만 까딱이는 윤정 씨완 달리 수사관이 껄떡거리며 다가왔다. 오랜만에 보니, 이 양반 얼굴이 반가울 때도 있구만.

"안녕하세요, 이 수사관님. 그동안 별일 없으셨죠?"

"예. 검사님께서 없으신 동안 다른 부서에 파견을 나간 것 빼곤 저야 별일 없었습니다만, 윤정 씨는 조금 불만이 있었던 것 같은데요?"

"예, 윤정 씨가요? 왜요, 윤정 씨 무슨 일 있었어요?"

내 물음에도 그저 뾰로퉁한 얼굴로 모니터만을 바라보자, 수사관이 한숨을 내쉬며 말했다.

"뭐겠습니까? 우리 윤정 씨가 저래 보여도, 식탐이 대단하잖습니까? 다른 검사님들께서 최 검사님처럼 거하게 야식을 안 쏘니……."

기세 좋게 말하던 수사관이 윤정 씨와 눈을 마주치자 서둘러 말을 멈췄다.

언제나와 같은 일상이구만. 그럼 어디 시작해 볼까?

"아, 이 수사관님. 제가 휴가 가기 전에 알아봐 달라는 건 어떻게 됐습니까?"

"알아보긴 했는데, 오피스텔에서 묵었던 사람들에게 물어봤지만, 그 집에서 의식을 잃고 쓰러졌던 사람은 없었습니다."

"그런가요?"

마음 같아선, 병원에 요 근래 의식불명으로 입원한 환자가 있냐는 협조요청을 하고 싶지만, 법률상으로 그게 가능할 리가 없었다.

대체 그럼 왜 그녀는 거기에 있던 거야? 뭔가 연관이 있었으니까 그곳에 있었을 텐데.

"혹시 무슨 일 때문에 그러시는 건지 알 수 있을까요?"

"개인적인 일이라, 말씀드리기가 조금 그렇네요."

"개인적인 일이시면 뭐 어쩔 수 없죠? 저번처럼 혹시 범죄에 또 관련된 건 아니시죠?"

어쩐지 오늘은 웬일로 순순히 물러난다 싶더니.

"그런 거 아니니까 염려마시고, 오늘 할 일이나 하죠?"

"예. 그럼 뭐부터 처리할까나~ 어디 보자, 찜질방 사기 사건?"

복순의 일로 머리가 한참 복잡했지만, 이 수사관의 마지막을 듣는 순간 이상한 느낌이 들었다.

음? 찜질방 사기 사건? 많이 들어봤는데?

"이 수사관님, 그 사건 파일 좀 잠깐 볼 수 있을까요?"

"응? 이거 말입니까? 제가 보기엔 별거 아닌 것 같은데요? 왜 그러십니까?"

"그게 어디서 많이 들어본 사건명 같아서요. 확인 좀 해보려구요."

잠깐만. 설마, 이거……

"윤정 씨! 거기 1번 캐비닛 안에 견습이라고 써 있는 박스 좀 찾아주실래요?"

"견습이요?"

"예. 가능하면 혐의 없음이라고 제가 불기소 처리한 사건이 있나 확인 좀 해주세요."

알겠다는 듯 고개를 끄덕인 윤정 씨가 캐비닛을 뒤지기 시작하자, 내 행동에 뭔가 냄새를 맡은 이 수사관이 눈을 가늘게 뜨고는 내게 물었다.

"대체 무슨 일이십니까? 설마 검사님께서 불기소 처리한 사건이랑 이 사건이 무슨 연관이라도 있는 겁니까?"

"자세한 건, 전에 처리했던 사건이랑 비교해 봐야겠지만, 아무래도 이거 제가 그때 잘못 판단했을지도 모르겠습니다."

"흐흐흐~ 예? 꼼꼼하시기로 둘째가라면 서러워하실 우리 검사님께서 그런 실수를 하셨다고요?"

후, 이건 비아냥거리는 건지, 위로를 하는 건지?

"검사님, 이거 맞으신가요?"

이 수사관의 말을 무시한 채, 서둘러 윤정 씨가 가져온 자료를 훑어봤다.

"이거 제가 정말로 실수를 했던 모양입니다."

"사람이 실수도 할 수 있는 거죠? 이제 다시 바로잡으면 되죠. 안 그렇습니까, 검사님?"

"예, 휴가가 끝나자마자 바쁘게 됐네요. 한동안 야근을 해야 할 것 같은데, 잘 부탁드립니다. 두분. 아! 윤정 씨 야식은 걱정하지 않으셔도 됩니다."

이건, 도저히 말이 안 되는데?

"수사관님."

"예, 검사님. 무슨 문제라도 있으십니까?"

"이거 확실한 거예요?"

"에이~ 설마… 제가 실수라도 했을까 봐요?"

'설마… 검사님도 아니고'라고 말하고 싶었던 것처럼, 잠시 뜸을 들인 수사관이 능글맞게 웃으며 서류를 가리켰다.

"여기 대표자 이름 보세요. 같지 않습니까."

그럴 리가? 임 선배와 함께 수사를 진행했을 땐…….

"어떻게 이럴 수가 있지?"

"검사님, 오늘따라 정말 왜 그러십니까?"

"후, 수사관님. 일단 이 일은 임 선배 좀 만나고 와서 다시 이야기하죠."

"…그렇게 하시죠. 검사님 표정을 보니, 보통 일은 아닌 것 같네요. 그럼 전 윤정 씨랑 조사를 좀 더 하고 있겠습니다."

"예. 그럼 계속 수고 좀 해주세요."

뭐지? 대체 어디서부터 잘못된 거야?

띠리리— 띠리리—

—여보세요! 최승민이, 이 새끼. 너 미쳤나? 빠져가지고 얼마나 걸린다고 전화질이야?

사무실 사이의 거리가 엎어지면 바로 닿을 거리라, 전화를 받은 임 선배의 말투엔 날이 서 있었다.

"선배, 죄송하지만 제가 사정이 있어서 그러니 이해해 주세요."

—이, 이해?

"자세한 건 만나서 말씀드릴게요. 지금 옥상에서 잠시 뵐 수 있을까요?"

—하, 이제 1년도 안 된 놈이 벌써부터 선배 말을 끊어?

진짜! 가지가지~ 하는구만. 기다리라. 너 별거 아니면 죽었어.

후배에게 불려 나온 것이 기분이 나쁜지, 옥상 문을 열고 터덜터덜 걸어오는 임 선배의 얼굴엔 이미 짜증이 가득했다.

"와~ 인마 보게. 선배 불러놓고 지금 어디서 가오 잡고 있노? 퍼뜩 일로 안 텨오나!"

아휴, 진짜 저 성질머리하고는.

"죄송해요. 바쁘신데 괜히 저 때문에."

"아는 놈이 이러나? 그래, 최승민, 뭔데 이 지랄을 해쌌노?"

"그게… 전에 선배 사무실에서 제가 일 배울 때, 피라미드 사건 때문에 제가 골머리 썩던 거 기억나세요?"

"피라미드면… 하, 장난빠나? 내가 그걸 잊을 수가 있겠어? 골머린 니가 아니라 내가 썩었었다. 니 때문에 부장님한테 신입 관리 못하냐고 갈굼이란 갈굼은 다 당했어. 뭘 알고 지껄이라."

"그랬어요?"

"아, 그랬지. 잠깐……? 이것 보게? 뭘 모르는 척을 하고 있노?"

"진짜 몰랐어요."

"와, 진짜 인마! 미치겠고만. 죽고 싶나?"

"에이~ 그러셨으면 말씀을 하지 그러셨어요."

"하… 됐다. 내가 너랑 무슨 말을 하겠어. 근데, 갑자기 그건 왜 묻노? 그거라면 그때 불기소 처리 한 거 아이가?"

"예, 그랬죠."

"뭐야? 전혀 끝냈다는 놈 표정이 아닌데? 와? 뭔 단서라도 잡았나?"

"뭐, 이 수사관 덕분에요."

"그래~? 그럼, 할 말이 있다는 게 그거가?"

"아니요. 단서를 잡았다는 말씀을 드리려는 건 아니에요."

"뭐라꼬? 그게 아니면 뭔데?"

"그때, 저희가 단서를 잡지 못한 게 어쩌면 의도되었던 것일지도 몰라요, 선배."

"너 지금 니가 무슨 말을 하는지 알고 있는 기가?"

"예, 선배. 안 그랬으면 선배께 이렇게 상담을 하지도 않았어요."

"그 말, 책임질 자신 있나?"

천천히 고개를 끄덕이자, 선배의 눈빛이 달라졌다.

"그래? 어디 말해봐라. 어떤 새끼가 감히 겁도 없이 검찰청에서 사건 가꼬 장난질을 쳤는지……."

　　　　*　　　　　*　　　　　*

"그러니까… 찜질방 말곤 찾지 못했다던 피라미드 회사가 여러 개였다? 더군다나, 우리가 수사를 하고 있을 때도 버젓이 활동하고 있었고?"

"예. 그리고 그때 저한테 아무것도 발견하지 못했다고 보고했던 사람이 하 수사관이었어요."

"하 수사관이? 참말이가?"

못 믿겠단 듯 임 선배가 몇 번이고 내게 되물었다.

"예, 선배."

"니가 착각한 거 아이가?"

"저도 그랬으면 해요. 근데 선배를 제외하면 그 당시 사건을 감출 수 있던 사람은 하 수사관 말고는 없어요."

"하아, 그게 말이 되나… 그 강직한 사람이 고작 피라미드 사건을 감출 이유가 뭔데?"

"저도 방금 사건을 다시 조사하기 시작해서 아직 그것까진……."

"아니야. 그럴 리 없다. 니가 하 수사관을 몰라서 그래. 절대 그럴 사람 아냐."

"선배, 정으로 밀어붙일 그런 사항이 아니에요. 찾지 못했다고 했던 것뿐만 아니라, 그 후에 주 형사한테 피해자가 돈을 받았다고 연락을 받은 사람도 하 수사관이란 건 이상하지 않아요?"

담배 연기를 길게 내뿜은 임 선배가 착잡한 목소리로 물었다.

"니 말은 우리가 사건을 맡기 전부터 하 수사관이 이 사건에 연류되어 있었다는 기가?"

"예, 돌아가는 상황을 보면 그래요. 그게 아니라면 말이 안 되잖아요."

"하 수사관이 대체 왜?"

후, 모른다고 이 양반아. 이제 알아봐야지. 평소엔 그렇게 못 잡아먹어서 안달이더니.

"혹시 알아요? 이 사건이 저희가 생각했던 것보다 더 큰 사건일지? 그래서 하 수사관도 넘어갔을지도 모르죠."

"니 말대로 그럴지도 모르겠다. 하, 모르긴 몰라도 검찰청에 첩자까지 심어둔 놈들이 한두 푼 벌려고 일을 벌이진 않았겠지. 그래, 이제 어떻게 할 건데? 말해봐라."

"예?"

선배의 생각지도 못한 질문에 잠시 벙쪄 있자, 그가 황당해하며 물었다.

"자신만만하게 설명하길래 뭔가 대책이라도 세워 왔는

줄 알았더니, 뭐꼬?"

"에이~ 저 혼자 해결할 수 있었으면 선배께 상담을 했겠
어요? 안 그래요?"

"하모, 이 임성운이가 이럴 때 안 나서문, 언제 또 나서겠
노?"

말해놓고도 민망한지, 볼을 긁적이던 선배가 이내 다 피
운 꽁초를 발로 짓이기며 안심하라는 듯한 싸늘한 미소를
지어 보였다.

"안 그렀나?"


*          *          *


"그럼, 선배, 잘 부탁드립니다."

"그래. 맡겨만 도. 일단 나 먼저 내려갈 테니까, 니는 바
람 좀 쐬다 내려온나."

"예, 선배."

옥상 문을 여는 선배에게 인사를 하며, 핸드폰을 꺼내
지민이에게 문자를 보냈다.

[지민아, 부탁할 게 있어서 그런데, 10분 뒤에 잠깐 볼일
이 생겼다고 하고, 옥상으로 올라올 수 있니?]

내가 선배와 대화를 하기 전이었다면, 이렇게 그녀를 부를 일은 없었을 것이다.

'내가 너였으문, 나 안 불렀다.'

'네? 선배, 그게 갑자기 무슨 말이에요?'

'니가 안 했나?'

'뭐를 또 제가 그래요?'

'하 수사관이 아니라면, 그 사건을 감출 수 있는 사람은 나뿐이 없다메?'

'에이, 선배가 그랬을 리가 없잖아요?'

'하긴, 내 평소 인덕이 있으니 니가 그렇게 생각할 만도 하다. 그래도 다음부턴 그라지 마라. 알겠나?'

'나중에 아니면 뒷감당도 못할 거 뻔히 아는데, 제가 어떻게 그래요?'

'하여튼 니도 은근 새가슴이다. 사내새끼가 그런 걸로 삐지겠나. 술 한잔 먹으면서 해결하는 거지? 안 그랬나?'

좋은 거 알려주셔서 감사해요. 임 선배, 당신 말대로 제발, 술 한잔 기울일 수 있길.

\*　　　　\*　　　　\*

지이잉—

[선배님, 무슨 일이신진 모르겠지만 30분 정도 뒤에 나가면 안 될까요? 지금 임 선배님이 돌아오셨는데, 분위기가 심상치 않아서요.]

그렇게 티내지 말라던 사람이 정작 본인이 그러면 어쩌라는 건지.

[그래, 알았어. 그럼, 나올 때 문자 한번 줘.]
[예, 알겠습니다.]

아직 여름이 다 가시지 않은 탓에 따가운 햇볕을 참으며 사건을 다시 정리하고 있을 때, 누군가 층계를 올라오는 소리가 들렸다.
"선배님."
"어, 왔어? 바쁠 텐데 미안하다."
"아니에요. 근데, 저한테 부탁하실 게 있다고……."
"응. 그게… 일단은 전후 사정부터 들어야 니가 이해를 할 것 같은데?"
이번 사건에 대해 듣던 그녀는 화를 이기지 못했는지, 어느새 주먹을 꼬옥 쥐고 있었다.

"대충 이해가 돼?"

"예, 그런 일이 있었다니… 믿기지가 않네요."

"나도 마찬가지야. 설마, 믿는 도끼에 발등을 찍힐 줄이야. 그래서 니가 좀 도와줬으면 해."

"예! 무슨 일이든 말씀만 하세요!"

흐음, 듣고 나면 그렇지 못할지도 모르는데…….

"실은 임 선배를 니가 감시를 해줘야겠어."

"예… 에?"

"그렇게 놀랄 필요 없어. 어디까지나 이건 보험이니까. 선배도 이번 사건에 대해서 알고 있어."

"그럼, 대체 왜?"

"확실히 해둬야 할 것 같아서 말이야. 막상 사건을 접하고선 믿을 사람이 선배밖에 떠오르지 않아서 상담을 하긴 했는데……."

"선배 말대로 임 선배님께선."

"니 말이 무슨 말인지 알아. 하지만 사실 하 수사관이 했을 거란 것도 내 추측이잖아. 임 선배 사무실에서 이 사건에 대해 완전히 제외되어 있었던 건 너뿐이야. 나도 지금 이게 무리한 부탁이란 거 알고 있어. 그래도 부탁 좀 할게. 지민아, 정말 이젠 누굴 믿어야 할지 모르겠다."

한참 동안이나 떨리는 눈동자로 고민을 하던 그녀가 마른침을 삼키며 고개를 끄덕였다.

"예… 제가 잘할 수 있을지 모르겠지만, 최선을 다해볼게요."

*           *           *

대화를 마치고 사무실로 돌아오자, 역시나 이 수사관이 내 책상 옆에 서서 나를 기다리고 있었다.

"임 검사님이랑 대화는 잘 나누셨습니까?"

"예, 잘 끝났습니다."

"이젠 저희에게도 말씀해 주실 수 있으시겠지요?"

"예, 이번 사건은 사실 임 선배와 제가 수사를 했던 사건입니다."

"검사님께서 아까 놀라셨던 이유가 그래였습니까?"

"맞아요. 아마도 이 수사관님께서 생각하신 그대로일 겁니다."

"검사 두 분이 나서셨는데, 실패를……?"

그게 아니라…….

"검사님 말씀대로라면 이거 사건이 상당히 복잡해졌습니다?"

단단히 착각을 한 이 수사관의 질문이 끝나기가 무섭게 윤정 씨가 굳은 얼굴로 우리에게 말했다.

"수사관님께선 거기에 멀뚱히 서 있으셔서 모르시겠지만, 두 분이 생각하시는 것보다 훨씬 더 복잡해질 것 같은데요?"

"윤정 씨, 그게 무슨 말입니까?"

내 물음에 그녀는 무언가가 프린트된 A4용지 뭉치를 책상에 내려놨다.

"서울 일대에서만 일어난 사건이 아닌 것 같습니다, 검사님."

눈을 마주친 수사관과 난 마치 짜기라도 한 것처럼 서둘러 종이를 뒤적였다.

그리고 지금까지 내가 세운 가설을 바꿔야 할지도 모른다는 생각이 들었다.

대구, 부산, 광주. 이건 거의 전국에 걸쳐 있잖아?

"윤정 씨, 이걸 어떻게 알아냈습니까?"

"사건 파일을 읽어봤는데, 작년에 제가 부산지검에 있을 때랑 비슷한 사건이어서요. 검사님께서 조사하라고 하신 이름은 아니었지만, 단순 사기로 고소까지 갔던 일이라 아무래도 이상해서 협조를 부탁했습니다."

"그랬습니까?"

"그것보다 더 중요한 건 각 지역 피라미드 회사 대표 이름이 3개월마다 바뀌었습니다."

"윤정 씨, 그게 뭐가 중요하다는 겁니까?"

수사관의 질문에 그녀가 그런 것까지 일일이 알려줘야 하냐는 눈빛을 보내며 미간을 찌푸렸다.

"수사관님? 보셨으면 아시겠지만, 동일한 이름이 지역만 바뀌어 있지 않나요?"

"윤정 씨 말대로라면 지역만 바꿔서 수사에 혼동을 줬다는 말인데? 그렇다고 해도 알 수 없을 정도는 아니었을 텐데요?"

"예. 저도 처음엔 그렇게 생각했는데, 사업 분야가 아예 다르더라고요. 그래서 검찰이나 경찰도 거기까진 제대로 파악을 못했던 모양이에요. 아! 그리고 한 사람은 지역을 옮기지 않았더라고요."

"그게 누구죠?"

"잠시만."

이리저리 섞여 있던 서류를 뒤적이던 그녀가 그중 한 장을 내게 건넸다.

조두칠? 어디서 많이 들어본 이름인데? 아니지, 지금 중요한 건 이깟 이름 따위가 아냐.

"흐음, 그럼 이자가 주동자일지도 모르겠네요."

"예, 저도 그렇게 생각합니다."

윤정 씨의 말에 수사관이 손뼉을 '짝!' 하고 치며, 윙크를 해왔다.

"그럼 뭐, 기다릴 필요 있습니까? 검사님, 영장 발부 신청하죠. 이 정도의 규모면 이미 액수가 억 단위는 넘어갔을 겁니다."

"아니요. 일단 사건은 여기서 동결시킵니다."

"예? 그게 무슨⋯⋯?"

"검사님!"

아무래도 사건의 내막에 대해서 말을 꺼내기 전에, 그게 무슨 말도 안 되는 소리냐는 듯 기겁을 하는 두 사람을 진정시키는 게 우선일 것 같았다.

"진정하세요. 두 분만큼이나 저도 이 사건을 빨리 해결했으면 하니까요."

"그러신 분이! 사건을 동결시키자니요!"

"수사관님, 그래서 지금 두 분께 말씀드리려고 하잖아요. 제가 왜, 이. 번. 사건을 동결시키려고 하는지."

평소와는 다른 싸늘한 말투에 화내는 것도 잊은 채, 놀라고 있는 둘을 사무실 중앙에 위치한 테이블로 이끌었다.

"길어질 것 같으니, 일단 앉으시죠."

테이블 옆에 놓인 소형 냉장고에서 꺼낸 캔 커피를 둘에게 건네며, 꺼내고 싶지 않은 이야기를 시작했다.

"두 분께서도 아시다시피, 제가 임 선배 밑에서 일을 배웠잖아요. 그때 처음 맡은 사건이 지금 이 사건입니다. 그 당시에도 아까 두 분께 설명했던 것처럼 수사를 진행했습니다."

"예? 그렇다면 해결하지 못할 이유가 없었을 텐데요?"

이해를 못 하겠다는 듯 수사관이 고개를 갸웃거리자, 그의 말에 동의하듯 고개를 끄덕인 윤정 씨가 물었다.

"수사관님 말대로, 저흰 검사님께서 지시하신 대로 했을 뿐입니다. 혹시 그것 때문에 사건을 동결하시려고 하는 겁니까?"

"예, 윤정 씨 말대로입니다. 그때 분명 제가 받은 보고는 관련된 회사는 없다는 것이었습니다. 이상하죠? 지금은 분명히 존재하는 회사들인데, 제가 수사했을 때만 유령처럼 사라져 버렸다는 게. 더군다나 저희가 낌새를 채자 피해자에게 돈까지 지급되었습니다."

"하아, 가능성은 딱 두 가지네요. 이놈들이 눈치가 기가 막히거나, 아니면 내부에 적이 있거나."

그렇게 말한 이 수사관이 가늘게 뜬 눈으로 임 선배의 사무실이 위치한 방향을 힐끗 바라봤다.

"다행히 저랑 의견이 일치한 것 같네요."

"다른 부분은 조금 다르지만요."

"어떤 부분 말씀입니까?"

코끝을 매만진 수사관이 손가락을 튕겼다.

"제 생각엔 사건은 그대로 진행시키는 게 나을 것 같습니다. 그래야 발등에 불 떨어진 놈이 행동을 시작하지 않겠습니까?"

"흐응, 저는 두 분 말씀 모두 나쁘진 않은 것 같은데, 섞어보면 어떨까요?"

"윤정 씨, 이게 무슨 비빔밥입니까? 섞긴 뭘 섞습니까? 하여간 다 음식에 비유……."

"왜요? 계속 말씀해 보세요?"

"저, 저… 그렇게 매너 없는 남자 아닙니다. 하던 말씀 계속하시죠……."

"사건을 진행시키되, 예전처럼 단서를 못 잡은 것처럼 하면 어떨까요?"

"음? 덫을 놓자는 거네요?"

"예, 검사님. 미끼가 있어야 덥석 물지 않겠어요? 이대로 저희가 손을 놓은 채, 첩자를 찾다간 피해자만 늘어나는 꼴일 게 뻔하잖아요."

"흐음. 검사님, 저는 윤정 씨 의견에 찬성입니다."

"저도 뭐, 이번엔 달리 이견을 내놓을 수가 없네요. 어디,

윤정 씨 의견대로 해보죠."

*　　　*　　　*

"흠… 불기소 했던 사건이라……. 최 검사, 혹시 사건을
해결할 단서를 찾은 거야?"

"아닙니다, 부장님. 아직 단서는 찾지 못했습니다."

회의실 중앙에 앉아 있던 부장님의 못마땅해하는 눈빛
에 서둘러 말을 이어야 했다.

"다만, 같은 사건으로 고소가 들어왔다는 건, 아무래도
제가 실수를 했을 가능성이 높다고 생각됩니다."

"아마… 이게 자네, 첫 사건이었지?"

"예, 부장님."

대답을 들은 부장님께선 미소를 짓더니, 어쩔 수 없다는
듯 고개를 끄덕였다.

"그래. 한번 해봐. 단, 이번에도 불기소로 끝나면 그땐 단
단히 각오해야 할 거야. 알겠나?"

"예, 실망시켜 드리지 않게 최선을 다하겠습니다."

그렇게 회의는 무사히 끝이 났지만, 후배 때문에 회의가
길어진 것이 불만이었는지 민 검사가 딴지를 걸어왔다.

"최승민, 뭐 한다고 그건 끄집어 내냐. 한번 불기소 때렸으면 끝이지."

"아… 조금 아쉬워서요."

간만에 꼬투리를 잡은 민 검사가 다시 입을 열려고 할 때, 김 검사가 어이없다는 듯 그에게 말했다.

"이게 무슨 게임이야? 한번 실패했다고 끝내게? 최 검사, 민 검사 말은 신경 쓰지 마."

"야, 김진수. 사람 무안하게 무슨 말을 그렇게 하냐……."

"와? 오랜만에 진수가 말 한번 잘했는데."

또 다른 동기인 임 선배까지 나서자, 민 검사도 안 되겠는지 꼬리를 내렸다.

"그래, 내가 죽일 놈이다. 동기란 놈들이……."

원망의 눈빛을 보내던 민 검사가 회의실을 떠나는 모습을 보던 임 선배가 내게 눈짓을 보냈다.

**3장**

의심

"뭐야? 정말 아무것도 발견 못 한 기가?"

"선배까지 왜 이러세요. 제가 아무것도 발견 못 하고 부장님께 말씀드렸으려고요."

이해가 안 되는지, 임 선배가 복도 창문 난간을 손으로 톡톡 두드리며 물었다.

"근데, 왜 그렇게 말을 했는데?"

"떡밥 좀 뿌린 거죠."

"떡밥?"

"예. 이래야 하 수사관이 첩자가 맞다면 위기감을 느끼고 움직이지 않겠어요?"

아니면 선배가 하 수사관 쪽으로 제 이목을 끌고 움직이시겠죠.

"그렇긴 하지. 그래. 뭐, 니 생각이 그라문 그건 내가 잘해볼게. 대신 부탁 하나만 하자."

"예? 저한테요?"

"그래, 자식아……."

뭔지 모르겠지만, 자존심 강한 선배가 부탁을 해올 정도라면, 쫴 큰일이 아닐까 싶다.

"선배, 일단 들어보고 결정하면 안 될까요?"

"뒤질래?"

"장난이에요. 당연히 들어드려야죠. 무슨 일이신데요?"

"아… 그게……."

말하기 난처한 내용인지, 머리를 긁적인 임 선배가 자신의 사무실을 힐끗 보며 내게 말했다.

"딴 게 아니라, 지민이 때문에 그런다 아이가."

"지민이요? 걔가 왜요? 무슨 사고라도 쳤어요?"

"그런 게 아니고, 지금도 봐라. 내가 너한테 어깨동무하고 먼저 가라고 하면, 지도 눈치가 있으문, '아! 임 선배랑 최 선배랑 할 이야기가 있으신가 보구나' 하고 가야지. 뭐라꼬 자꾸 와쌌노. 안 그렇나?"

"에이, 선배가 사수시니까 먼저 가기도 뭐해서 그런 거죠."

"아이다. 니가 몰라서 그래. 내 진짜 니한테 그 사건 이야기 듣고, 하 수사관 뒷조사할라고 3일 내내 따로 할 일이 있다고 하고 야근했거든?"

뭔가 악에 받친 듯 선배의 목소리가 점점 높아졌다.

"근디, 이 기집애가 눈치도 없이 도와준다고 계속 남는 기라!"

"그냥 먼저 퇴근하라고 하시지 그러셨어요?"

"내 안 했겠나? 하… 돌아뿔겠다. 아무리 나라도 도와준다는데 화를 낼 순 없잖아?"

난처해하는 선배의 모습에 나오려는 웃음을 간신히 참으며 그에게 물었다.

"그래서… 선배께서 하시려던 부탁이 설마?"

"그래. 한 이틀만 지민이 좀 데꼬 있어라."

"선배, 그게 말이 돼요? 제가 무슨 수로 지민이를 데리고 있어요? 그러지 말고 제가 잘 말할 테니까, 그냥 지민이 믿고 같이해 보는 건 어떠세요?"

"장난하나? 안 돼, 인마. 뭘 믿고 개랑 같이해?"

뭐지? 평소에 선배였다면, 그러는 게 낫다고 했을 텐데?

"왜요?"

"기집애잖아. 안 돼."

"에이, 그런 게 어딨어요? 그러면 선밴 카페 사장님이랑 잘돼도 결혼 안 하시겠네요?"

"뭔 소리고. 당연히… 그쪽만 좋다문 해야지."

에휴, 이 화상아. 만나자는 말도 못 꺼내는 양반이 무슨…….

"여자는 못 믿겠다면서요."

"둘이 같나?"

"뭐가 다른데요?"

"아무튼 안 돼. 그러니까 이틀만 맡아도."

"선배, 그건 저도 힘들어요. 사수인 선배가 남아서까지 그렇게 일을 하고 있는데, 제 일 도와달라고 한다고 지민이가 덥석 알겠다고 하겠어요?"

"정 뭐하문, 술이라도 마시라고, 새꺄……."

"아니, 제가 짬도 안 되는데 무슨 평일에 술을 마셔요. 그리고 지민이가 그럴 애도 아니잖아요."

"아놔… 미쳐 뿔겠네."

"선배, 이건 제가 어떻게 도와드릴 수 없는 문제예요."

"하~ 쓸데없는 데서 꼬이니까 어이가 없네. 알겠어. 이건 내가 알아서 해보게. 정 안 되문……."

'설마, 진짜로 선배가? 에이… 그럴 리가…'란 생각을 하면서도, 난 선배에게 가는 눈길을 막을 수 없었다.


＊          ＊          ＊


"검사님, 어떻게 되셨습니까?"

"뭐, 저 같은 신입이 처음으로 맡은 사건이라 그런지, 별
말 없이 잘됐습니다."

"흐음, 그러면 임 검사님 사무실 쪽은……."

아무래도 사안이 사안이다 보니, 천하의 이 수사관이 말
을 다 흐린다.

"이제 사건을 다시 맡았다고 했으니까, 아무래도 그쪽은
며칠 더 두고 봐야겠죠. 아, 그리고……."

어쩌면 임 선배가 관련이 됐을지도 모르겠다고 하려던
말을 삼켰다.

"그리고? 무슨 문제라도 있으십니까? 왜 갑자기 말씀을
멈추십니까?"

"아닙니다. 제가 잠깐 다른 생각을 했습니다."

"그러십니까?"

께름칙한 눈빛으로 수사관이 고개를 갸웃거렸다.

"그것보다 제가 부탁한 건 어떻게 됐습니까?"

"아, 조두칠 말입니까? 저희가 생각한 대로 이번 사건의

보스가 맞는 것 같습니다."

"수사관님께서 그렇게 생각하는 이유는요?"

"잠시만요. 자료를 어디에 뒀더라……."

이 수사관이 엉망진창이 되어 있는 책상을 뒤지고 있자, 그 꼴을 보다 못한 윤정 씨가 입을 열었다.

"유일하게 대표직에서 물러나지 않았고, 다른 지역의 대표가 바뀔 때마다 자금의 유통을 조두칠이 맡고 있었던 것이, 지금으로선 유력한 단서입니다."

"하긴, 이 정도 금액이면, 보스가 아니더라도 상당한 위치에 있는 자라는 건 틀림없겠군요."

윤정 씨가 내민 서류의 금액만 합산해도 30억은 가볍게 넘고 있으니, 충분히 가능성이 있는 이야기였다.

"그리고 저희가 대외적으론 증거를 찾지 못한 상황이니, 두 분 모두 가급적이면 경찰 쪽의 도움도 받지 않으셨으면 합니다."

"예, 그렇게 하겠습니다."

본격적인 싸움은 이제부터 시작인가.


\*　　　\*　　　\*


"승민아."

"예, 선배."

"우리가 뭔가 잘못 짚고 있는 거 아닐까?"

"그게 무슨 말씀이세요?"

"하 수사관 말이다. 아무리 뒤져도 먼지 한 톨 안 떨어진다. 정말 하 수사관, 이 양반이 한 게 아닐지도 모르겠다."

"그 사건, 내막에 대해서 저희 말고 중앙 지검에서 아는 사람이 없잖아요."

"내 말이. 하… 참말로 귀신이 곡할 노릇일세."

제가 하고 싶은 말인데요. 지민이가 선배 곁에서 떨어진 적이 없는데, 선배는 대체 어떻게 하 수사관에 대해 조사를 하신 건지……

만에 하나, 임 선배와 하 수사관이 한 팀이라고 가정하면 지금 당하고 있는 건 나란 말인데?

의심은 점점 커져만 갔다. 이젠, 사건과 관련되지 않은 부분에서도 선배를 의심할 정도로.


"그럼, 검사님! 부탁드립니다~"

윤정 씨가 이런 표정도 지을 수 있다는 걸 알게 된 건 기쁘지만, 모르고 지냈어도 별로 나쁠 것 같지 않다는 생각이 든다.

"예, 다녀올게요."

야식을 쏘면서 직접 갔다 와야 하다니…….

사무실을 나서면서 본 테이블 위에 놓인 종이에 '축 꼴지 당첨'이란 글자가 유난히 커 보였다.

"적당히 분식이나 먹지. 입맛은 까다롭다니까……."

검찰청 주차장에 세워진 애마를 보며, 키를 누르자 '탈 칵' 하며 운전자석 문이 열리는 소리가 들려왔다.

그래. 어차피 가는 거, 머리나 좀 식히고 오자.

탁! 탁! 탁!

뭐지? 차문을 열려고 하는 순간, 주차장을 울리는 급박 한 구둣발 소리에 옆을 보았다.

그 소리의 주인공으로 보이는 한 남자가 그새 주차장을 거의 가로지르고 있었다.

어라?

"저기요! 이거 떨어뜨리셨어요!"

황급히 물건을 떨어뜨린 사내를 불렀지만, 얼마나 급했는 지, 그는 이쪽으론 눈길 한 번 주지 않은 채 달려가고 있었 다.

어쩔 수 없나.

"더럽게 빠르네……. 아니, 사람이 그렇게… 쫓아가면서 불렀으면 쳐다보기라도 하든가……."

가쁜 숨을 쉰 덕에 나오려는 욕지거리를 참으며, 사내가 떨어뜨린 물건을 줍기 위해 다시 주차장으로 향했다.

"그 양반도 헛고생하겠구만."

떨어진 덕분에 금이 간 시디케이스와 함께 있던 편지를 봐선, 분명 중요한⋯ 음?

"이거, 헛고생은 아니었나 보네."

떨리는 손을 움직여 주머니에서 핸드폰을 꺼냈다.

[지민아, 하 수사관이랑 임 선배 지금 사무실에 계시니?]

마음대로 움직이지 않는 손가락 덕분에 애를 먹으며, 간신히 이 짧은 문자를 보낼 수 있었다. 그리고 잠시 후, 원하지 않던 답문이 도착했다.

[하 수사관님은 없으시고 임 선배님은 지금 저랑 같이 계세요. 왜 그러신가요?]

[아니야. 그냥 궁금해서.]

"선배⋯ 아니죠?"

방금 전 상황 탓에, 조용한 사무실 복도에 내 발소리만이 커다랗게 울려 퍼지는 것이 마치 데자뷰처럼 느껴졌다.

덜컥!

"생각보다 일찍 오셨네요? 근데 어째 손이 가벼워 보이십니다."

문을 벌컥 열고 들어서자, 땀에 흠뻑 젖은 내 모습에 잠시 놀라던 수사관이 헤픈 미소를 지으며 농담을 해왔지만, 내겐 그에게 대꾸할 여유 따위 존재하지 않았다.

"검사님, 무슨 일 있으세요?"

분위기를 감지한 윤정 씨가 걱정스러운 눈빛으로 물었다.

"상대가 미끼를 물었습니다."

"그게 정말입니까?"

"예, 수사관님. 근데 저희 예상과는 전혀 달라서 어떻게 대처를 해야 될지 모르겠네요."

"예? 예상과 다르다니요?"

한 걸음에 자리를 박차고 다가온 수사관에게 편지를 건네주자, 그의 안색이 굳어졌다.

"이건… 정말, 생각지도 못한 일이네요. 누구한테 받으신 겁니까?"

"그건 이제 알아봐야 합니다."

"직접 건네받으신 게 아니라는 말씀이십니까?"

"예, 사실은……."

이야기를 마치자 사무실엔 침묵이 흘렀다.

"검사님, 이건 검찰청에 조력자가 없다면 불가능한 일입니다."

"예, 저도 그렇게 생각합니다. 그리고 지금 검찰청에 있는 건 임 선배뿐이에요."

"그럼, 제가 무슨 말을 할지도 아시겠군요."

"예. 그렇지 않길 바랐는데, 어쩌면 정말 임 선배일지도 모르겠네요."

"검사님, 그래도 그렇게 단정 짓는 건 아직 이르지 않나요?"

"편지의 내용을 확인해 봐야 확실히 알 수 있을 테니, 윤정 씨 말도 일리가 있네요……."

그녀의 말이 맞았으면 했지만, 편지를 확인한다고 달라질 게 있을까?

편지 앞면에 커다랗게 인쇄된 최승민이란 세 글자가 차갑게만 느껴졌다.

봉투를 열자, 그 안에는 고급스러운 편지 봉투와는 어울리지 않게 A4용지를 8등분 한 크기의 조그마한 종이가 들어 있었다.

"검사님."

필시 좋은 내용은 아닐 거란 생각에 잠시 머뭇거리는 동안, 수사관의 재촉이 담긴 목소리가 들려왔다.

"예, 알고 있어요. 그럼 무슨 내용인지 한번 확인해 볼까요?"

긴장을 하며 꺼낸 종이엔 3줄 정도의 글이 적혀 있었다.

이런, 이런… 아무리 초짜라고는 하지만 이렇게까지 무시를 당할 줄은 몰랐는데?

그만큼 너무도 당당하게 사건을 중단할 것을 강요하는 편지의 내용은 황당함을 넘어 기가 찰 정도였다.

"왜 그러십니까?"

옆에서 편지의 내용을 읽어내려 가던 나를 초조한 눈길로 바라보던 수사관이 갑자기 변한 내 표정에 불안하다는 듯 물었다.

"제가 설명하는 것보단 직접 보시는 게 빠를 것 같네요."

"대체 무슨 내용이길래. 검사님께서……."

궁금증을 참지 못하고 편지에 손을 뻗는 수사관의 행동을 윤정 씨가 제지했다. 윤정 씨의 예상치 못한 행동에 나와 수사관의 시선이 그녀에게로 향했지만, 아무 일도 없다는 듯 우릴 한번 바라본 그녀는 언제 가져왔는지 모를 라텍스 장갑을 수사관에게 건넸다.

"아, 고맙습니다……."

"뭘요."

장갑을 끼는 수사관을 본, 윤정 씨가 내 손에 있는 편지를 낚아채 갔다.

"어라~ 윤정 씨? 그건 반칙입니다!"

그녀의 행동에 당황해서인지, 장갑을 끼느라 애를 먹고 있는 수사관에게 콧방귀를 날린 윤정 씨가 차분히 편지를 읽어 내려갔다.

"흐음… 이건… 마치 상사가 부하에게 말하는 것처럼 쓰여 있네요."

"예, 저도 그렇게 생각합니다."

"두 분만 그렇게 진지하게 이야기하지 마시고 저도 좀 껴주시죠!"

윤정 씨의 간계에 빠져 아직 편지를 읽지 못한 수사관이 볼멘 목소리가 사무실에 울려 퍼지자, 미소를 살짝 머금은 윤정 씨가 그에게 말했다.

"직접 보세요."

"윤정 씨께서 나긋나긋한 목소리로 알려주시면 이해가 더 빠를 것 같은데요."

능글맞은 수사관의 말을 들은 그녀가 내게 물었다.

"검사님, 다 본 것 같은데 이제 분쇄기에 넣을까요?"

그렇게 상사에게 닥쳐온 불행을 조금이라도 풀어주려는

것처럼, 한 차례 연극을 펼친 둘은 이내 진지한 얼굴로 내게 편지에 대한 이야기를 꺼냈다.

"검사님, 편지의 내용대로라면 임 검사님은 용의 선상에서 제외시키는 게 맞지 않을까요?"

윤정 씨의 말에 채 대답하기도 전에 수사관이 그녀의 말을 반박해 왔다.

"아니요. 오히려 제 생각엔 임 검사님께서 보냈을 확률이 높다고 생각하는데요. 아, 죄송합니다, 검사님."

"아닙니다, 수사관님. 괜찮으니까 신경 쓰지 않으셔도 됩니다. 오히려 지금 두 분 말을 들으니, 왜 그렇게들 생각했는지가 궁금해지는걸요. 그럼, 일단 윤정 씨부터 말씀해 주시죠."

"예. 편지 내용을 보면 작성자는 저희가 이 사건의 내막을 이미 알고 있는 걸 모르는 것 같습니다. 알고 있었다면, 그렇게 자신만만하게 나올 순 없지 않을까요?"

확실히 윤정 씨의 말도 일리가 있었다. 상대가 내가 사건의 내막을 알고 있다는 걸 눈치챘다면, 더 깊이 파봐야 다치는 건 나일 거라는 오만한 말은 쓰지 않았을 가능성이 높았다.

오히려 나를 회유하려 했을 가능성이 더 크겠지.

"일리가 있네요. 범인 일당이 이미 저희가 알고 있다는 걸 눈치챈 상태에서, 이런 리스크가 큰 행동을 했다는 건 조금 의외니까요."

"예. 임 검사님께서 그들에게 알려줬다면 이렇게 나올 리가 없습니다. 오히려 지금쯤 발을 빼기 바빴을 테니까요."

"흐음……."

희망적인 윤정 씨의 의견에 잠시 생각에 빠진 내게 수사관이 머리를 긁적이며 입을 열었다.

"그럼, 이제 제가 한마디 해도 될까요?"

"아, 죄송합니다. 예, 말씀하시죠."

"역으로 생각해 보면, 오히려 임 검사님이 이번 사건에 가담이 되어 있다면, 이건 임 검사님께서 단독으로 편지를 보냈을 가능성이 높습니다."

"그건 왜죠?"

자신의 의견에 정면으로 반박하는 수사관에게 묻는 윤정 씨의 미간에 생긴 주름이 나와 그녀의 마음을 대변해 주고 있을 만큼, '굳이 임 선배가 공범이라고 해도 그럴 필요가 있을까?'란 의문이 머릿속을 맴돌았다.

"리스크는 조금 있지만, 저희가 이대로 사건을 진행시켜서 공범을 잡지 못한 상태에서 범인들이 먼저 도주를 한다 해도 놈들을 잡기만 한다면, 어차피 사건의 내막은 들춰지게 되어 있습니다. 그 말은 검찰청 안에서 누가 스파이였는지도 알 수 있다는 말이죠."

"수사관님 말씀은……."

"예. 제가 스파이였다면 오히려 가장 안전한 수가 아닐까요? 저희 쪽에서 사건을 파헤치지 못하게 해서 득을 보는 건, 결국 범인이 아닐 수도 있습니다."

"수사관님, 그건 너무 앞서 나간 것 아닌가요?"

"에이, 아니죠. 윤정 씨, 생각해 보세요."

윤정 씨가 수사관의 말을 반박하며 자신의 의견을 피력했지만, 내 머릿속은 둘의 대화 내용이 들리지 않을 정도로 복잡하기만 했다.

내가 임 선배가 그러지 않길 바라는 마음에 수사관의 의견에 동의하지 못하는 걸까, 아니면 윤정 씨의 말처럼 정말 그 가능성이 희박해서일까?

"뭐 그래 봐야, 검사님께서 수사를 하시기로 마음먹으셨다면… 지금 저희가 취할 수 있는 행동은 결국 한 가지 아닐까요?"

갑자기 들려오는 푸념 섞인 수사관의 말에 정신이 번쩍 들었다.

"그게 뭡니까?"

"앞뒤 볼 것 없이 수사를 강행하는 거죠."

"강행하면 어떻게 되는데요?"

어이없어 하며 윤정 씨가 수사관에게 물었다.

"뭐가 어떻게 됩니까. 최대한 빨리 사건을 마무리 짓는 거죠. 상대가 이미 칼을 뽑아 들었는데 이대로 있다간, 당하는 건 우리라는 걸 다들 알고 계시잖아요?"

"수사관님, 그렇게 막무가내로 가다 검사님께서 정말 위험에 처할지도 모르는데, 너무 태평하게 말씀하시는 거 아닌가요?"

"설마, 저라고 마음 편하겠습니까……. 검사님 성격에 피해가실 분은 아니니, 최선을 말한 것뿐입니다. 안 그렇습니까, 검사님?"

"예, 수사관님 말씀대로입니다. 이렇게 나온 걸 보면 상대는 제가 이 사건에서 손을 놓지 않는다면, 어떻게든 저를 막으려고 할 겁니다. 그게 임 선배일지 아니면 다른 인물일지는 모르지만… 대한민국 검사를 협박한 대가가 뭔지 확실히 알려줘야죠."

"검사님… 정말 괜찮으시겠어요?"

윤정 씨답지 않게 떨리고 있는 눈동자를 보고 있자니 괜히 죄를 지은 기분이다.

"예, 이래 봬도 저도 검삽니다. 제깟 놈들이 뭘 어떻게 하겠어요?"

"그래도……."

"정말 괜찮아요. 그렇게 걱정되시면, 그만큼 열심히 도와주시면 됩니다."

고개를 끄덕이는 윤정 씨와 나를 지켜보던 수사관이 헛기침을 내뱉었다.

"크흐음. 분위기를 깨서 죄송하지만, 말씀을 드려야 할 것 같아서……."

역시, 정말 냉정한 건 이 수사관이 아닐까 싶다.

겉모습과 달리 속정이 깊은 윤정 씨와 정반대로 평소엔 능글능글한 가면을 쓰고 있지만, 언제나 내게 냉철한 말을 해오는 건 수사관이었으니까.

뭐, 오히려 다행이라면 다행이겠지.

"예, 수사관님, 말씀하세요."

"저희 쪽에서 임 검사님을 조사할까요? 아니면 그냥 사건을 진행시킬까요? 어떻게 하시겠습니까, 검사님."

지민이에게 맡겨두기는 했지만 그동안 안일하게 대처한 나의 태도를 직시하게 하는, 이런 유능한 수사관을 다시 만나기 힘들 테니.

"임 선배라면 이틀만 더 지켜보죠."

"만약 임 검사님께서 첩자라면 그러다 시기를 놓칠 수도 있습니다."

"그럴 일은 없을 겁니다. 그건 제가 장담하죠."

무슨 뾰족한 수가 있냐는 듯한 수사관의 눈빛을 직시하자 그가 별수 없다는 듯 고개를 끄덕였다.

"예. 그럼 본격적인 수사는 이틀 뒤에 하는 것으로 알겠습니다."

이거야 원, 임 선배가 보내지 않았다면 누가 상대의 목덜미를 먼저 무느냐가 관건인데… 상대가 패를 보였으니, 이쪽도 패를 꺼내볼까.

주사위는 던져졌다고 했던가? 이런 상황에 처하고 나니, 그 말이 왜 이렇게 와 닿는지 모르겠다.

"예, 그럼 저는 잠깐 외출 좀 하고 올 테니, 두 분이 고생 좀 해주세요."

내 말에 수사관이 얼굴을 일그러뜨리며 물었다.

"이틀 뒤엔… 눈코 뜰 새 없이 바쁠 텐데요. 체력 비축도 할 겸, 이만 퇴근하는 줄 알았습니다만?"

"마음 같아선 저도 그렇게 해드리고 싶은데, 왠지 이럴 때일수록 범인들이 움직일 것 같은 느낌이 들어서요."

"흐음. 검사님 말씀처럼 안심을 시켜놓고 다른 행동을 할지도 모르겠네요."

"예. 계좌의 흐름이나 다른 의심스러운 행동을 하는지 좀 감시해 주셨으면 합니다."

"알겠습니다. 그런데 검사님께선 지금 이 시간에 어딜 다녀오시려고……?"

수사관의 옆에서 이해했다는 듯 고개를 끄덕이던 윤정 씨의 눈초리가 순간 매서워졌다.

설마 이런 상황에서 내가 농땡이라도 치려고…….

"이것도 증거라면 증거인데, 제출을 해야 할 것 같아서 요."

"아… 그런 거라면 제가 해드리겠습니다."

편지를 흔들자 오해한 것이 미안했는지 그녀가 자리에서 벌떡 일어났다.

"아닙니다. 상황이 이런데 절차를 따지다 시간을 지체할 순 없죠. 인맥은 이럴 때 쓰라고 있는 거 아니겠어요?"

"오… 검사님께서 설마 국과수에 연줄이 있는 줄은 몰랐 는데요?"

수사관, 당신이 생각하는 그런 연줄이었다면 얼마나 좋 았을까?

"조금 복잡한 관계라 연줄이라고 하기엔 뭐하지만… 아 무튼 아까 못 사온 야식도 사올 겸 다녀오겠습니다."

"예, 그럼 수고하십시오."

사무실을 나서자마자, 지민이에게 문자를 보내기 위해 서둘러 핸드폰을 꺼냈다.

[지민아, 오늘은 이만 퇴근해라. 고생했어.]

의외의 문자였기 때문일까? 그녀에게서 곧바로 답문이 왔다.

[예? 아직 임 선배 퇴근 안 하셨는데요?]
[그건 걱정 하지 마. 내가 알아서 할게.]
[예, 알겠습니다.]

"진짜 이 방법까진 쓰고 싶지 않았는데……."
'임 선배에게 이렇게까지 해야 하나?' 하는 생각에 국과 수에서 근무하는 왈가닥 처자에게 전화를 거는 내내 마음 이 편치 않았다.

띠리리― 띠리리―

―여보세요.

"안녕하세요, 다나 씨. 그동안 잘 지내셨죠?"

―아! 최 검사님~ 안녕하세요~ 근데 이 야심한 시간에 어쩐 일로 전화를 다 주셨을까나~?

이 아가씨는 여전히 마이페이스구만…….

"저번에 제게 하셨던 약속, 아직 유효한가 싶어서요."

―응? 아~ 그거야 당연하죠! 누구 부탁이라고 제가 감

히 거절을 하겠어요!

"그럼 지금 좀 만나 뵐 수 있을까요?"

—지금요?

"예의가 아닌지는 알지만, 정말 급한 일이라서요."

무슨 고민을 하는지 2초간 침묵이 흐른 뒤, 그녀의 밝은 목소리가 들려왔다.

—예, 그럼 저번에 뵀던 카페에서 만나죠.

"검찰청에서 바로 출발하는 거라 30분 정도 걸릴 것 같으니, 천천히 오셔도 됩니다."

—예, 알겠습니다. 운전 조심해서 오세요~

"예, 그럼 좀 이따 뵙겠습니다."


　　　　　*　　　　　*　　　　　*


띠리릭.


도어록이 풀리는 소리와 함께 방 안으로 들어가자, 쇼파에 누운 채 고개만 빼꼼히 내민 복순 씨가 반기 듯 양손을 크게 흔들어댄다.

[오! 오늘은 일찍 온 걸 보면, 골치 아프다던 그 사건은 해결했나 봐?]

"그랬으면 일찍 왔을 리가 없지."

[왜? 사건 뒷마무리 때문에?]

"아니, 사건 해결 기념 회식이다 뭐다 해서 한창 술판을 벌였을 테니까."

[흐웅. 회사나 검찰청이나 별반 다를 것도 없구만.]

"검찰청 사람들은 무슨 로봇이라도 되냐? 당연히 같은 사람인데 똑같은 게 당연한 거지."

[그럼 뭐야? 왜 일찍 온 건데.]

"당신 도움이 좀 필요해서."

어지간히도 놀랐는지, 눈을 동그랗게 뜬 복순 씨가 얼떨떨해하며 자신을 가리켰다.

[나?]

"그래."

[이게 무슨 일이래? 자기만 잘난 줄 아는 최승민 씨가 내 도움이 필요하다고? 글쎄… 어쩔까나~]

"지금 장난칠 시간 없어. 도와줄 거야, 말 거야?"

[하… 퍽이나 도와드리고 싶게 말씀하시네요. 진짜 당신 좋은 사람 만날 줄 알아. 무슨 일인데?]

"그건 가면서 말해 줄게."

어라? 부적이 여기에 있어야 하는데…? 아무리 뒤져봐도 거실 수납장 안에 있어야 할 부적이 없었다.

[뭐 찾아? 아~ 부적!]

"어······."

[자! 뭐 해? 바쁘다면서··· 안 나갈 거야?]

뭐지? 수상한데? 이게 왜 내 눈을 피했을까?

"그래, 나가야지."


*          *          *


[이제 말해줘도 되지 않나?]

조수석에 앉아 안전벨트까지 착용하신 복순 씨께서 우쭐해하며 어깨를 으쓱댔다.

"사람을 좀 감시해 줬으면 해."

[흐응? 그건 좀 곤란하지 않아? 대체 부적을 어떻게 가져다놓을 건데?]

"그럴 필요 없어. 내가 근처에 있을 거니까."

[뭐?]

"장소가 검찰청이거든."

그게 무슨 말도 안 되는 소리냐는 듯 벙쪄 있던 그녀의 입가에 야릇한 미소가 번졌다.

[흥··· 무슨 일인지 모르겠지만, 점점 재미 있어지네.]

"일단 그 전에 만날 사람이 있어서, 그쪽부터 들러야 하니까 지루해도 좀만 참아. 괜히 사고 치지 말고."

[급하다며 누굴 또 만나?]

"일엔 언제나 순서가 있는 법이야. 그렇게 싫으면 차 안에 있든가?"

약속한 카페 근처에 주차를 하며 그녀에게 묻자, 그건 또 싫은지 차에서 내린 그녀가 빨리 내리라며 창문을 두드려 댔다.

[뭐 해, 안 갈 거야?]

"지금 내리는 거 안 보여?"

[근데 여기 저번에 온 적 있는 거 같은데?]

주변을 두리번거리던 복순 씨가 고개를 갸웃거렸다.

"맞아. 저번에 남해 갔다가 한번 왔었잖아."

[아… 그 재수 없는 지지배 만났던 데구나.]

"그럼, 내가 지금 누구 만날지도 잘 알겠네."

[뭐, 그땐 한동안 다시 만날 일 없을 거라며!]

세상일이 마음먹은 대로만 되겠어? 그렇게 안 되니까 인생이 좆같은 거야.

"나도 복순 씨만큼 만나기 싫어. 그래도 어쩌겠어……."

[비즈니스라고? 치, 솔직히 나랑 나이 차이도 얼마 안 나면서 맨날 어른 행세는…….]

"자기 나이도 모르면서 어떻게 그렇게 장담을 해?"

[내가 왜 몰라!]

"혹시 기억난 거야?"

그녀가 조금이라도 기억을 되찾은 게 아닌가 했지만, 그녀는 내 바람이 무색하게, 금세 입술을 삐죽이며 고개를 혼들어댄다.

[아니……]

하여간 지는 건 더럽게 싫어해요.

뒤에서 투덜거리는 그녀를 뒤로한 채, 다나 씨를 만나기 위해 카페에 들어섰다.

"승민 씨! 여기요!"

주변 사람은 생각도 않고 손부터 흔들어 대는 그녀를 보니 민망함에 얼굴이 붉어진다.

[치, 여자가 조신한 맛이 있어야지……]

내가 봤을 땐, 피차일반인 거 같은데…….

[왜 그런 눈으로 보실까나?]

보통 유유상종이라는데 이렇게 싫어하는 걸 보면 별종끼린 그런 것도 안 통하나.

"아냐, 복순 씨 말대로 조금 민망해서."

생각해 봐야 머리만 아플 게 뻔했기에, 주위에서 느껴지는 따가운 눈길을 헤치며 다나 씨에게 다가갔다.

"죄송해요, 다나 씨. 많이 기다리셨죠?"

"아니에요. 저도 방금 왔어요."

이미 반쯤은 마신 생과일 주스를 보면 이 왈가닥 아가씨도 배려란 걸 할 줄은 아나 보다.

"아, 지민이 아저씨가 고맙다고 전해 달라고 하셨어요."

"아… 뭐, 별거 한 것도 없는데요……."

"아니요. 승민 씨가 거의 해결해 주신 건데요. 뭐, 저랑 아저씨가 승민 씨한테 미안하죠."

"예? 저한테 미안해하실 게 없으실 텐데요?"

"그게, 그 마약이 사실 필리핀 쪽에서 제조됐다는 걸 조금만 일찍 알았다면, 마약 공급자까지 잡을 수 있었을 텐데, 필리핀 정부에 협조를 요청했을 땐 이미 늦었더라구요."

"아… 그러셨군요. 그것참 안타깝게 됐네요."

"승민 씨께서 힘들게 찾아주신 건데 망쳐서 죄송해요."

"아닙니다. 들어보니 어쩔 수 없었던 상황인걸요. 그리고 뭐, 사실 제 사건도 아니고 오지랖 넓게 나선 건데, 그분께서 고맙게 생각해 주시는 것으로도 감사하죠. 그러니까 다나 씨도 괜히 그런 생각 하실 필요 없어요. 오늘 도와주시는 것만으로도 충분한걸요."

"아! 죄송해요! 급하다고 하셨었죠… 아저씨께서 만나면 꼭 감사하다고 전해달라고 하셔서 제가 깜빡했네요."

"괜찮습니다. 그럼 이제 말씀드려도 괜찮을까요?"

"그럼요!"

반색을 하는 그녀에게 조심스레 협박 편지를 건네며 말했다.

"이것 좀 검사해 주셨으면 합니다."

"피해자가 받은 건가 봐요?"

"아니요. 저한테 온 협박 편지입니다."

편지를 요리조리 살피던 그녀가 내 말에 화들짝 놀라며 손에서 그것을 떨어뜨렸다.

"협박… 편지요?"

"예, 이번에 사건을 하나 맡았는데, 그걸 포기하라네요. 근데 그럴 수가 있어야죠."

이 아가씨가 이렇게 진지한 표정도 지을 줄 아네.

"흐음… 알겠어요. 제가 최대한 빨리 알아봐 드릴게요."

"그럼 부탁드리겠습니다."

"근데, 무슨 사건이길래 이렇게 난리래요?"

"글쎄요. 그냥 단순 피라미드 사건인 줄 알았는데, 캐면 캘수록 이젠 점점 알 수가 없네요. 나중에 사건이 잘 해결되면 그때 알려드리죠."

"그 약속 잊으시면 안 돼요?"

"염려 마십시오. 그럼 사정이 이래서, 저 먼저 일어나 보겠습니다."

"아! 승민 씨, 지민이는 승민 씨가 이 편지 받은 거 알고 있는 건가요?"

"아뇨. 아직 모릅니다. 왜 그러신가요?"

"그게, 걔가 맹해 보여도 할 때는 하는 애니, 그 아이한테 도움을 받아 보시는 건 어떨까 해서요?"

"다나 씨 말씀이 아니어도, 지민 씨가 유능한 건 잘 알고 있습니다. 안 그래도 이미 도움을 받고 있는걸요."

"어라~ 이거… 제가 괜한 말을 한 것 같네요. 그럼, 조심히 들어가세요."

"예, 그럼 잘 부탁드립니다."

*　　*　　*

"다시 한 번 부탁하는데, 제발 그냥 그 사무실에서 조용히 뭐 하는지 보기만 해. 알았어?"

[알았어, 알았다고! 내가 바보야? 그만큼 말했으면 됐잖아!]

"기분 나빴으면 미안해. 나한테 그만큼 중요한 일이라서 그래."

[걱정하지 마셔! 이거 왜이래? 남해 때 못 봤어? 이 누님

께서 알아서 잘할 테니까 일이나 열심히 하세요~?]

하아… 이거 괜한 짓을 한 건 아닌가 모르겠네…….

"장난 그만치고, 얼른 들어가기나 하시죠."

[알았어. 근데, 모양 빠지게 무슨 검사가 야식을 직접 사 가?]

엘리베이터를 탄 뒤에도 그녀의 입은 쉬지를 않는다.

"뭐 어때? 내기에서 졌으면 갔다 오는 거지."

[흐응… 왠지 직장에서 어떨지 알 것 같네.]

"호구라고?"

[어라… 본인이 직접 말을 하니까, 뭐라고 해야 할지 모르겠네…….]

"그냥, 딱딱한 게 싫어서 이러는 것뿐이니까, 그렇게 미안해할 필요 없어."

[누… 누가 미안해한다고 그래……? 세상 복잡하게 사는 것 같아서 한심해서 말이 안 나온 거거든?]

"예, 예. 그래도 밥만 잘 먹고 사니까, 걱정 마세요."


팅!


쓸데없는 이야기들로 그녀와 티격태격하는 사이, 어느새 도착을 알리는 신호음과 함께 엘리베이터 문이 열리기 시작했다.

"준비됐어?"

내심 긴장할 줄 알았는데 그녀는 언제나처럼 의기양양한 미소로 화답해 왔다.

[응. 맡겨만 둬!]

"임성운이라고 쓰여 있는 사무실로 들어가면 돼."

[오케이. 중간에 무슨 일 있으면 찾아가도 된다고 했지?]

"정말로 무슨 일이 있을 때만이야. 그럼 이따 봅시다."

어떤 결과가 나와도 받아들여야겠지. 멀어져 가는 복순 씨의 뒷모습을 잠시 바라보다 사무실로 향했다.


딸칵.

"다녀오셨습니까?"

"예. 두 분, 고생하셨을 텐데, 야식 좀 드시고 하세요."

테이블에 야식을 올려놓자, 수사관이 난감하단 얼굴로 다가와 말했다.

"저 검사님, 말씀드리기 죄송한데 증거 하나를 안 가지고 가셨습니다."

"예? 아… 편지에만 너무 집중을 하다 보니 시디를 깜빡했네요."

"예. 저희도 방금 전에야 깨달아서요. 죄송합니다."

"아니에요. 제 잘못도 있는걸요. 혹시 조사는 해보셨습니까?"

"예, 그런데 안엔 아무 내용도 담겨 있지 않아서, 조사를 할 것도 없더라고요."

"그래도 혹시나 지문이 있을지도 모르니까, 내일쯤에 넘겨보죠."

"그렇게 하겠습니다."

"근데 놈들은 어때요?"

"도주할 준비라도 하는 줄 알았는데 아직까진 아무 일도 없습니다."

"그렇습니까. 이 시간까지 아무 일 없는 거 보면, 별다른 행동을 할 것 같지는 않으니, 우선 식사부터 하죠."

"예. 그럼, 잘 먹겠습니다."

테이블에 펼쳐진 야식을 먹는 동안, 협박 편지가 도착한 이후 살얼음판을 걷는 듯한 사무실에도 평화가 찾아온 것처럼 보였지만, 편히 식사를 하는 둘과 달리 내 속은 타들어가고 있었다.

"검사님, 혹시 속이 안 좋으십니까?"

"예?"

수사관의 말에 윤정 씨도 고개를 끄덕이며 맞장구를 쳤다.

"그러게요. 오늘따라 많이 안 드시네요. 소화제라도 드릴까요, 검사님?"

나름 티를 내지 않고 있다고 생각했는데, 오랜 시간 함께해 온 그들의 눈엔 그렇지 않았나 보다.

"아니에요. 카페에서 음료수를 좀 많이 먹어서 헛배가 불러서 그런 거니, 신경 쓰지 않으셔도 돼요."

"그렇습니까? 근데 카페에 다녀오신 걸 보면, 만나신 분이 여성분이셨나 봅니다."

"예… 뭐……."

내가 말을 흐리는 이유를 알 수 없단 듯 수사관이 고개를 갸웃거리며 뭔가 물으려 할 때, 익숙한 얼굴이 벽을 통과해 내게 손짓했다.

"이거 식사 중에 죄송한데, 화장실 좀……."

그렇게 말하며 자리에서 일어나자 질문을 피하려는 행동으로 여겨졌는지, 수사관이 아쉽다는 듯 입맛을 다신다.

"옙. 그럼 다녀오시면 그때 마저 이야기하죠."

"그건 좀 사양하고 싶은데요."

수사관의 말을 넘기며 사무실을 나서는 내 머릿속은 복잡하기만 했다.

대체 임 선배가 뭘 했길래 채 20분도 지나지 않아서 그녀가 내게 온 것일까?

[흐응… 치, 이번 일이 당신한테 정말 중요하긴 한 거야?]

타들어가는 내 속을 모르는 그녀는 내가 창가로 다가가자, 뾰로통한 얼굴로 쏘아붙여 왔다.

"중요하지 않으면 당신한테 부탁을 왜 했겠어?"

[그래? 근데 왜 내 눈엔 먹고 즐기느라 바쁘신 놈팡이만 한 명 보이는 걸까나?]

"내가 누누이 말하지 않았나? 장난도 상황 봐가면서 치라고."

[피… 맨날 만만한 게 나지!]

"아셨으면 얼른 왜 불렀는지 말씀이나 하시죠?"

[더 염탐을 하고 싶어도 할 수가 없다고 알려주고 불렀지.]

"뭐? 사무실에 임 선배 혼자 있을 텐데, 그게 무슨 말도 안 되는 소리야?"

[아휴, 몸 찾으면 내가 검사를 하는 게 나을 것 같애. 검사라는 사람이 이렇게 눈치가 없어서야…….]

"올 사람도 없는데, 니가 헛소리를 하니까 그런 거잖아. 설마 누가 오기라도 했단 거야?"

깐죽거리는 그녀에게 심드렁하게 말을 했지만, 돌아온 대답은 한순간 심장을 철렁 내려앉게 만들었다.

[뭐야? 잘 아네.]

"진짜로 사람이 찾아왔다고?"

장난기가 가신 얼굴로 그녀가 고개를 끄덕였다.

그럼, 선배가… 정말? 아니, 내가 있단 걸 뻔히 알 텐데. 위험을 감수할 정도로 급했던 건가…….

이 믿을 수 없는 사실에, 분노가 치밀었다.

결국 참지 못하고 선배에게 향하려는 내 앞을 복순이 가로막았다.

[사람 말은 끝까지 들으라고 그렇게 설교를 하셨던 분이 왜이래? 당신이 생각하는 그런 거 아니니까 진정하셩~ 승민 씨, 임성운이란 그 사람 믿어도 돼. 당신 편이야.]

"너……."

[미안, 영화에서 보면 꼭 이런 순간엔 이렇게 하잖아. 한번 해보고 싶었어.]

태어나서 이렇게 여자를 때리고 싶은 순간이 다시 찾아올까 싶다…….

"한 번만 더 장난치면 부적 찢어버릴 줄 알아. 그러니 똑바로 말해. 임 선배를 믿어도 되는 이유는 뭐고, 또 선배를 찾아왔다는 사람은 대체 누구야?"

머리끝까지 화가 치민 내 경고에도 그녀는 뭐가 그리 재미있으신지 배시시 웃은 후에야 입을 열었다.

[그럴 일은 없을걸? 누구긴 누구겠어. 지민인가 뭔가 하는 그 후배지.]

"찾아온 사람이 지민이라고?"

[응. 승민 씨 말대로 임성운이란 사람을 감시하고 있는데, 조금 이따가 그 사람이 찾아왔어. 깜박하고 해야 할 일을 안 했다던데?]

뭐지? 분명히 오늘은 퇴근해 달라고 부탁했었는데, 갑자기 왜 다시 온 거야? 아니야, 지금 중요한 건…….

"그것보다 지민이가 왔다면 임 선배에 대해선 제대로 알아보지도 못했을 텐데, 어떻게 내 편이라고 확신을 하는 거야?"

[으응. 들어가니까 전화를 하고 있더라고. 근데 그 내용이 웃겨서 말이야.]

"뭐가 웃기다는 거야?"

[당신이 내 상황이었어도 안 웃고는 못 배겼을걸? 자기가 이렇게 의심을 받는지도 모르고, 승민 씨를 위해서 지인한테 '야, 부탁 좀 하자고! 후배 놈이 부탁한 건데, 선배 체면이 있지! 이라고 있으문 날 뭐라꼬 생각하겠어? 엉!' 이러면서 열심히 부탁을 하고 있던데?]

"뭐……?"

그녀의 말에 멍하니 서 있는 나를 향해 복순이 어색하게 임 선배의 목소리를 따라하며, 그 당시 상황을 계속 재연하기 시작했다.

['그래, 고맙다. 나중에 밥 한번 살게.' 이러면서 전화를 끊더니, '지민이 그거 없을 때'라고 중얼거리면서 하 수사관인가 하는 사람을 조사하고 있는데, 타이밍 좋게 지민 씨가 들어오지 뭐야?]

후우, 결국 일이 꼬이고 꼬였던 건가…….

[자, 내가 보고 들은 건 다 말했는데, 이제 어떻게 할 거야?]

"뭘 어떡해. 꼬인 실타래를 풀어야지."

[흐응, 그 선배란 사람한테 욕깨나 먹을 것 같은데 괜찮겠어?]

"자업자득인데 어쩌겠어? 고맙다. 덕분에 이제 사건을 좀 편하게 진행할 수 있을 것 같아."

[치, 실컷 화내더니 이제 와서? 왜! 부적 찢지그래?]

"당신이 나였어 봐. 화 안 내나. 내가 당신 몸 찾아놓고 장난치면 좋겠어?"

[그거야… 뭐…….]

"알았으면 그냥 서로 쌤쌤인 걸로 합시다?"

[으응? 뭔가 억울한데?]

억울하긴, 이쪽은 아직도 다리가 후들거리는구만.

　　　　　*　　　　　*　　　　　*


　막상 선배가 아니란 걸 알고 나니 기쁘긴 한데, 선배에게
대체 뭐라고 말을 해야 할지 모르겠다.

　[뭐 해? 안 들어가? 정 뭐하면 내가 열어줘?]

　하, 진짜 밉상 짓은 혼자 다 하시네.

　"됐거든요. 당신이 그렇게 말 안 해도 지금 들어가려고
했어."

　[그럼, 그러시든가~ 난 또 승민 씨가 쫄았는 줄 알았지.]

　결국, 복순의 깐족거림을 참지 못한 난 생각을 다 정리하
지 못한 채 안으로 들어서고 말았다.

　"선배, 잠깐 들어가도 되죠?"

　"얼씨구. 사건 맡아서 한창 바쁘다문서, 최승민이 니가
여긴 웬일이고?"

　"잠깐, 머리 좀 식힐 겸 와봤어요."

　"그래? 그럼, 쟤 좀 데꼬 같이 바람 좀 쐬다 와."

　"아니에요, 선배님."

　"하아, 불철주야로 일하시는 후배님들 덕분에 내가 몸
둘 바를 모르겠구만……."

　"다 선배를 본받아서 그런 거 아니겠습니까? 안 그래요,

선배?"

"몰라, 자식아."

뚱한 얼굴을 한 임 선배의 짜증 섞인 말투에 놀랐는지, 잠시 그를 바라보던 지민이 내 말에 정신을 차리고 인사를 해왔다.

"안녕… 하세요, 최 선배님."

"어, 그래. 너 오늘은 야근 안 한다더니, 웬일이야?"

"아… 그게, 판례를 찾는 걸 깜박해서 그것 좀 찾느라고요."

"그래?"

슬쩍 내 눈을 피한 걸 보면, 진실을 말하고 있는 것 같지 않았다.

"어이, 최승민."

아무래도 지민을 떼어달라는 부탁을 하려는지, 똥 마려운 강아지처럼 애처로운 눈빛을 보내는 선배를 향해, 단도직입적으로 말을 꺼냈다.

"이제 연기 그만해도 돼요, 선배."

"엉?"

"그리고 지민이 너도 그동안 고생했어."

"예?"

갑작스러운 내 폭탄 발언에 사무실은 쥐 죽은 듯 고요해졌다. 그리고 그 정막을 깨고 임 선배가 천천히 입을 열었다.

"갑자기 이게 뭔 말이고? 승민아, 사람이 알아듣게 말을 해야 하지 않겠어?"

"죄송해요, 선배. 사실은 지민이한테 선배를 좀 감시해 달라고 부탁했었어요."

"뭐? 하, 진짜 내 말이 안 나온다. 지민아, 승민이 저노마 말이 참말이가?"

"예? 예……."

"그라문 나한테 대체 왜 하 수사관에 대해서 조사해 달라고 했는데?"

화를 삭이고 있는지, 내게 묻는 선배의 목소리가 심하게 떨려왔다.

"설마… 니 처음부터 나랑 하 수사관 둘 다 의심하고 있었던 기가?"

"예… 속여서 죄송해요, 선배."

"와… 그런 놈이 '선배를 어떻게 의심해요?' 그딴 소리를 했단 말이야? 이야~ 우리 승민이 쥑이네. 내는 상상도 하지 못했다."

말을 마친 임 선배가 한숨을 푹 내쉬었다. 그리고 그렇게 한참 동안 말이 없는 선배의 모습을 보며, 한 방 맞을 것도 각오하고 있던 내게 선배가 쓱소를 지으며 말했다.

"승민아……."

"예, 선배."

"니 말고 딴 놈이 나한테 이랬으문, 그 새낀 이미 나한테 뒤졌어. 너니까 참는 기다. 알겠나?"

"예… 감사합니다."

"그래, 나중에 술 한 잔 거하게 쏠 준비하고 있어라."

"예, 의심해서 죄송했습니다."

"됐다. 내가 그랬잖아. 필요하면 의심할 줄도 알아야 한다고. 그니까 쓰잘데기 없는 말 할 꺼문 왜 갑자기 나를 믿게 됐는지나 말해봐라."

"비상 사태라서요."

"뭐? 뭔 사태? 인마가 오늘따라 왜 이렇게 헛소리를 지껄이노? 니 뭐 잘못 먹었나?"

"알았어요. 사실은 몇 시간 전에 협박 편지를 받았어요."

"협박 편지라꼬?"

자신이 받은 것처럼 깜짝 놀라는 선배와 달리, 지민이는 그다지 놀라지 않는 모습이었다.

"역시, 지민이 넌 알고 있었나 보네?"

"예… 조금 전에 다나한테 들었어요."

그래서 다시 온 거였구만. 그 아가씨 정말 그렇게 안 봤는데…….

"다나? 지민아, 그게 누꼬?"

"전에 말씀드린 국과수에서 근무하는 지인이요."

"호오, 그래~? 최승민이 너도 이건 몰랐나 보네? 어때?
당해보니까 기분 죽이지?"

"그렇네요."

"아무튼 그래서 편지엔 뭐라고 써 있었는데?"

"사건에서 손을 떼라고요."

"미쳤네. 어떤 자식이 뒈질라고 그딴 장난질을 했노? 잠
깐만… 근데 그거랑 나랑 무슨 상관인데?"

"선배 성격에 그런 짓을 할 리가 없잖아요. 그리고 엿들
을 생각은 아니었는데… 전화 통화하시는 거 들었어요. 제
부탁으로 이렇게까지 신경 써주셨는데 전 의심만 하고 있
었네요."

"간나 새끼, 어이가 없구만? 이 임성운이가 그런 쪼잔한
짓을 하겠나? 최승민이면 모를까? 어이, 후배님, 우에 생각
하노?"

"예, 다 못난 후배 탓입니다. 그래도 덕분에 선배가 아니
라는 건 알게 됐으니 다행이죠."

"그래, 알면 다행이네. 그렇다 치고, 그래서 니 이제 우얄
낀데?"

"이젠 첩자가 거의 확실해졌으니, 그쪽을 노려야죠."

"흐음… 하 수사관 말이가?"

"예, 선배."

"쉽지 않을 텐데? 내가 지민이 이 가시나 때문에 눈치 보면서 찾았다고는 해도, 이 정도면 그 양반도 마음 단단히 먹은 기야. 니도 알잖아, 그 인간 쉽지 않다는 거."

"알죠. 지금도 뼈저리게 느끼고 있는데요, 설마 그래도 하 수사관이 협박까지 해올 줄은 몰랐습니다."

"아직 그렇게 말하긴 일러. 사실 하 수사관이란 보장도 없잖아."

"그렇긴 하죠……."

"하긴, 사람 마음속을 누가 알겠노? 너랑 지민이 둘이서 나 갖고 논 거 보면 세상에 믿을 놈이 어디 있겠어?"

"선배… 저는 괜찮은데, 그러다 지민이 울어요."

"알았다, 자슥아. 지민아!"

"예, 선배님. 죄송해요."

"아이다. 마음 쓰지 마라. 다 농담이야."

"예, 감사합니다."

"그럼, 내가 '선배님~ 도와드릴 거 없나요?' 이카면서 뒤에선 희번득한 눈으로 쳐다봤을 우리 지민이 무서워서 어디 화를 내겠어?"

"죄송합니다."

"됐다, 됐어. 맹한 줄 알았더니, 우리 지민이 내가 다시 봤다."

"선배, 그걸 지금 칭찬이라고 하시는 거예요?"

"뭐? 이게 칭찬이 아니면 뭔데?"

"에이, 그만하세요."

"알았다, 자슥아. 승민이 니도 나 조사하느라 맘고생 많았지?"

"고생은요. 지민이랑 선배만 저 때문에 괜히 힘들었죠."

"새끼, 알긴 아네. 암튼 우리 이렇게 만든 놈팡이가 누구든 내가 이제 맘먹고 맡을 거니까, 니는 신경 쓰지 말고 그쪽에만 전념해."

"선배 사건도 있으신데, 정말 그래도 괜찮으시겠어요?"

"누가 혼자 한다 했나? 지민이, 내 도와줄 끼지?"

"예! 선배님. 맡겨만 주세요."

"그래. 이번엔 뒤에서 오빠 노려보지 말고 잘해라?"

"글쎄요, 선배님 하시기 나름 아닐까요?"

"오매… 지민아, 니까지 그라문 나 힘들어……. 승민이이 새끼 이제 보니까 지민이한테 못된 것만 알려줬구만."

*　　　*　　　*

임 선배와 지민과의 이야기 탓에 생각보다 늦게 사무실에 도착하니, 수사관이 음흉한 미소로 내게 물었다.

"검사님, 병원 한번 가보셔야 되는 거 아닙니까?"

"무슨 오해를 하시는지 모르겠지만, 임 선배랑 잠깐 이야기 좀 하고 와서 늦은 거니, 괜한 오해는 사양입니다."

"으음? 임 검사님과 무슨 이야기를 하셨습니까?"

"별 이야기 아니었습니다."

"검사님께서 그러실 분이 아니신데요?"

"뭐, 내일부턴 저흰 범인을 잡는 쪽에 주력하기만 하면 된다고만 아시면 됩니다."

"예? 그 말씀은, 임 검사님께선……."

"예, 아닙니다."

"검사님, 대체 어떻게 아신 겁니까?"

"우연히 들었어요. 임 선배가 정말 그랬는지 확인을 하려는데, 정작 선밴 저를 위해서 전화를 하시고 계셨더라구요."

"이거, 임 검사님을 의심했던 게 부끄러워지네요."

"아닙니다. 수사관님께선 최선을 다하신 것뿐인데요."

민망한 듯 볼을 긁적인 수사관이 멋쩍게 웃는다.

"흐아. 임 검사님께 죄송해서라도 오늘은 이대로 퇴근할 수가 없겠는데요?"

"수사관님 마음을 이해 못 하는 건 아니지만, 이만 퇴근하는 게 나을 듯싶습니다."

"어라? 검사님이시라면 분명 그렇게 하자고 하실 줄 알았는데… 의외네요."

"저도 마음 같아선 그러고 싶지만, 제출한 증거자료도 빨라야 내일쯤에 결과가 나올 테고, 수사 역시 다른 기관의 협조가 필요하니, 아까 이야기했던 것처럼 그만 쉬는 게 나을 것 같습니다."

"흐음… 알겠습니다. 검사님께서 그렇게 생각하신다면 따라야겠죠."

뭔가 께름칙하다는 얼굴로 자리로 돌아간 수사관이 주섬주섬 짐을 챙기던 손을 멈추고는 이쪽을 바라본다.

"검사님."

"예, 말씀하세요."

"혹시나 해서 그런데, 퇴근 말입니다… 아까 화장실 다녀오신 것과 연관이 있는 건 정말 아니죠?"

질문과는 달리 짓궂게 웃는 수사관을 보니, 이미 그렇다고 결론을 내린 것 같다.

"그런 거 아니니까, 제발 부탁이니 퇴근이나 하시죠."

"예, 알겠습니다. 그럼 저 먼저 퇴근합니다. 두 분, 오늘 하루도 고생하셨습니다. 내일 또 뵙죠."

"수고하셨습니다. 검사님, 그럼 저도 이만, 아! 몸조리 잘 하세요."

이 상황에서 변명을 해봤자겠지…….

"걱정해 주서서 감사합니다. 윤정 씨도 조심히 들어가세요."

그렇게 모두가 떠난 텅 빈 사무실 한쪽에서, 평소라면 들릴 리 없는 여성의 목소리가 들려왔다.

[뭐야? 상사가 버젓이 사무실에 있는데 지들끼리 퇴근을 해? 아주 개판이구만.]

"헛소리하지 말고 가방 챙기게 얼른 일어나기나 해."

책상 위에 앉아 내 명패를 만지작거리던 복순이 뭐가 그리 불만인지 뚱한 얼굴로 책상에서 물러났다.

[치, 평소에 어떻게 일하나 구경이나 하려고 했더니, 이게 뭐야? 정말 바쁜 거 맞아?]

당신 때문에 일찍 퇴근한다고는 생각을 못 하시나?

"안 바쁘면 이 시간까지 뭐 하러 일을 하고 앉아 있어. 그리고 당신이 봐서 뭐하게?"

[그냥 궁금하니까 그런 거지. 내가 뭐 한다고 했나? 솔직히 착한 내가 언제 이런 데 와보겠어, 안 그래?]

"기억이 안 나서 그러시겠지만, 당신 정도면 풍기문란이나 고성방가로라도 한 번쯤은 와봤을 거 같은데?"

[뭐라고? 고성방가는 그렇다 쳐도, 여자한테 풍기문란이라니! 최승민 씨, 지금 제정신이세요?]

"장난이야. 설마, 내가 진심으로 그랬으려고? 오버하지 말고 가기나 합시다."

조기 퇴근의 원흉께서 나가자는 말에 툴툴거리면서도 사무실 내부를 몇 번이나 둘러보는 꼴을 보니, 계속 일을 했다간 무슨 상황이 펼쳐졌을지 눈에 선했다.

[왠지 아쉬운데… 하긴, 오늘만 기회는 아니니까.]

"그럴 일은 절대 없을 테니까, 꿈도 꾸지 마셔."

*          *          *

"예, 혹시나 했는데, 역시 예상대로네요… 알겠습니다."

─도움이 못 돼서 죄송하네요.

"아닙니다. 바쁘실 텐데, 이렇게 일찍 연락주신 것만으로도 감사해요."

─예, 그럼 혹시 모르니까 좀 더 조사해 볼게요.

"그럼, 부탁드리겠습니다."

전화를 끊자마자, 수사관이 헐레벌떡 나의 곁으로 다가왔다.

"검사님, 어떻게 되셨습니까?"

"깨끗하다는데요."

"하긴, 대담하게 검찰청까지 쳐들어온 놈이 증거를 남기는 게 더 이상한 일이긴 합니다만, 아쉽긴 하네요."

"그러게요. 지문이라도 나왔으면 편하게 갔을 텐데 말입니다. 어차피 기대도 안 한 일이니, 사건이나 마저 진행하죠."

"예. 안 그래도 말씀드릴 게 있었습니다."

"그래요?"

다나 씨와의 통화 이후, 맥이 '탁' 풀려 있던 내겐 수사관의 말이 어느 때보다 반갑게 느껴졌다.

"근데, 말씀드리기 전에 죄송하지만, 검사님께서 기대하시는 내용은 아닙니다."

"그래도 이것보단 낫겠죠."

"그렇긴 합니다. 놈들이 움직이기 시작했다는 건 분명하니까요."

"그 정도면 충분한 것 같은데요?"

"문제는 도주할 준비라도 하는 줄 알았는데, 편지로 우리를 혼란시키고, 검사님께 썼던 트릭을 다시 사용하려는 모양입니다. 아무래도 우리가 이놈들을 너무 과대평가한 것 같습니다."

"또 관련된 회사를 없애 버린 모양이군요? 정말 수사관님 말처럼 김이 새버렸습니다."

"우리가 이미 다 파악하고 있다는 걸 알면, 놀라 자빠질 것 같지 않습니까?"

"그럴지도 모르겠네요. 그래도 혹시 다른 짓을 꾸미는 걸지도 모르니, 긴장은 늦추지 말아주세요."

"예, 알겠습니다."

"아, 그리고 서울을 제외하고 이번 사건이랑 관련 있는 지역에 협조 공문 좀 보내주세요."

"어떤 식으로 말입니까?"

"조두칠을 비롯해서 지금 파악된 수뇌부 놈들의 정확한 위치를 알 수 있으면 됩니다."

"소재지라면 이미 파악이 끝나지 않았습니까?"

"나중에 체포하려는데, 거기에 없으면 그것만큼 골치 아픈 것도 없지 않겠어요?"

"옙. 그럼 지금 바로 보내도록 하겠습니다."

이거 협박까지 한 놈들이 생각보다 너무 뻔한 수를 썼단 말이야…….

"윤정 씨."

"예, 검사님."

"저번처럼 조두칠 쪽으로 자금이 가는 건지, 아니면 다른 루트가 있는지 확인 좀 해주세요."

"이번에 서울 지역에서 없어진 회사들을 말씀하시는 건가요?"

"맞습니다."

"조두칠이나, 지금 파악된 자들이면 문제가 되지 않지만, 다른 쪽이라면 파악하는 데 시간이 조금 필요할 것 같습니다."

"괜찮습니다. 혹시나 추가 영장이 필요하시면 바로 말씀해 주세요. 그리고……."

잠깐만, 협박 편지 내용도 그렇고, 이건 말이 안 돼. 나랑 사건을 같이 해결하던 하 수사관이라면 같은 방법에 속지 않을 거란 건 누구보다 잘 알 텐데?

"검사님?"

그런 하 수사관이 첩자라면 이런 방법보단 오히려 전체적인 자금을 빼내 도주로를 확보하려고 했을 거야.

내가 수사를 중단하지 않을 걸 뻔히 아는 사람이니 말이야.

"검사님!"

"아! 죄송해요, 윤정 씨. 잠시 생각을 좀 하느라……. 그대로 처리해 주시면 됩니다."

"예, 알겠습니다."

흐음… 만약에 우리가 처음부터 잘못 생각하고 있었던 거라면…….


*      *      *


"가뜩이나 바쁜데 왜 또?"

"놈들이 움직였다고 알려드리려고 그랬죠."

"그런 건 문자로 하면 되지. 왜 여기까지 불러내노? 그리고 지민이까지 이렇게 한꺼번에 불러내면 하 수사관이 의심하지 않겠어?"

"의논할 것도 있어서 그랬어요."

"그게 뭔데?"

"놈들이 움직인 방식이… 전에 사건 수사할 때 저랑 선배한테 엿 먹인 방법을 그대로 쓰고 있는 게 이상해서요."

"인마, 봐라. 말은 똑바로 해야지. 엿은 니 혼자 먹었지. 얻다 대고 나를 가따 붙이노. 안 그래?"

"선배, 지금 중요한 게 그게 아니잖아요……."

"내도 안다. 니 말대로 그러문 말이 안 된다."

농담을 하던 선배의 표정이 심상치 않았다.

"왜요, 선배. 따로 무슨 집히는 거라도 있으세요?"

"사실은, 하 수사관이 니 그 사건 다시 하게 됐다는 이야기 듣고서는, 이번엔 관련 회사부터 있는지 조사해 보라는 이야기 좀 전해달라꼬 내한테 그랬거든?"

"하 수사관이 그런 말을 했었어요?"

"그래. 그땐 의심 벗으려고 그라는 줄 알았는데… 이상해. 그 양반이 진짜 첩자문 이런 짓 하겠나?"

"그렇죠. 하 수사관이 그런 말을 하고 나서, 바보가 아닌 이상에야 이렇게 뻔히 보이는 수를 쓰는 건 말도 안 되죠."

"선배님들… 말씀 중에 죄송한데, 이해가 안 되어서요. 지금 하 수사관님도 첩자가 아닐 가능성이 높다는 건가요?"

"그래, 지민아. 니 말대로다. 하 수사관이라꼬 하기엔, 이건 너무 많이 갔어."

"그럼, 혹시 이 실무관이……."

지민이 조심스레 꺼낸 이름을 들은 임 선배가 고개를 저으며 단호하게 말했다.

"아이다. 걘 간이 콩알만 해서 그런 짓 몬 한다. 그리고 사건 당시에 승민이, 야 도운 건 하 수사관이야. 막말로 그때, 이노마 뒤처리는 그 양반이 다 했어."

"그럼 대체……."

지민의 힘없는 말처럼, 추리를 해나가던 임 선배와 나 역시 갈피를 잡지 못하고 있었다.

임 선배도, 하 수사관도 아니라면, 그 당시 내 사건을 방해할 수 있는 사람은 없잖아?

지민이의 말처럼 설마 실무관? 아니야, 임 선배나 하 수사관 정도가 아니었다면 능동적으로 나를 막을 수는 없었어.

그렇다면… 설마…….

"주 형사……?"

"주 형사."

고개를 들자, 나와 거의 동시에 한 남자의 이름을 외친 선배가 의미심장한 미소를 짓고 있었다.

"승민아, 등잔 밑이 어둡긴 어두운가 보다."

"예, 선배. 진짜 까맣게 잊고 있었어요, 한 사람이 더 있다는 걸…….."

"주 형사가 누군가요? 혹시 그 당시 함께 사건을 담당했던 사람인가요?"

갑작스러운 상황에 놀란 듯 지민이 떨떠름한 얼굴을 한 채 우릴 바라보고 있었다.

"맞다. 캬~ 정말 그노마면, 하 수사관보다 더 골 때리는데…….."

"그래도 하 수사관마저 아니라면 그 사람 말곤 정말 없어요."

"혹시 모르니까, 내가 하 수사관 맡고, 지민이가 주 형사를 맡아 보면 답이 나오겠지."

"예, 선배. 그럼 그렇게 하죠."

"지민이 잘할 수 있지?"

"예. 그런데, 만약에 주 형사란 사람이 첩자라면 저희 쪽에도 한 사람이 있어야 되지 않나요?"

"갑자기 그건 뭔 말이고?"

"그러니까 주 형사란 사람은 저희가 다시 그 사건을 조사하는지 모를 텐데, 최 선배에게 협박 편지를 보냈다는 게 이상해서요."

"허, 미치겠구만……. 망할 놈의 꺼! 대체 어디까지 꼬여 있는 기가!"

"선배, 일단 진정하세요."

"지금 진정하게 생겼나? 잘하문 신문에 대문짝만 하게 검찰이랑 경찰이랑 아주 쌍으로 미친 짓을 했다고 날 판인데!"

"그런다고 일어난 일이 바뀌진 않잖아요. 오히려 사실이라면 더 커지기 전에 바로잡아야죠."

지민과 나의 만류에도 한참 동안이나 씩씩대던 선배가

드디어 진정을 했는지, 입을 열었다.

"그래, 그래야지……. 승민이 니 말이 맞다. 미안하다."

"아니요. 선배가 안 그랬으면 제가 그랬을 판인데요."

"지랄하네. 하아, 그나저나 최악이구만. 하 수사관이 아
니면, 형사 3부 중에 한 명이라……."

어느 쪽도 우리에겐 유쾌할 수 없는 상황인가.

"승민아, 넌 누가 제일 의심스럽노?"

의심이란 놈이 어디까지 커지는지 겪고 나니, 결심을 한
듯 입을 연 선배의 말에 고개를 저을 수밖에 없었다.

"모르겠어요, 선배."

"니가 모르문 누가 알아? 너한테 넌지시 사건에 대해서
물어봤던 놈 없나?"

"그렇게 물어보시니, 갑자기 다 의심스러워지네요. 그냥
차라리 이렇게 하죠."

"어떻게?"

"주 형사를 먼저 캐보는 거죠. 정말 주 형사라면, 자연스
레 누구와 했는지 알 수 있지 않겠어요."

"하긴, 복잡하게 갈 거 없지. 어차피 지민이만 고생하면
되는데, 그렇게 하자."

"예? 선배!"

"왜? 지민아, 뭐 문제 있나? 아니면 승민이 일 돕는 게 싫

은 기가?"

"에? 그런 건 아니지만……."

"그럼 됐네. 배고프다. 그만, 밥이나 먹으러 가자."

**4장**

인연과 악연, 그리고 내막

결국 주말에도, 아니, 주말까지 일인가.

—뭐 해? 어이~ 듣고 있는 거야?

"어? 어… 당연하지."

—아무리 생각해도 듣고 있었다던 사람 반응이 아닌데……? 그럼, 내가 뭐라고 했는지 말해봐.

"이게, 이젠 의심만 늘어 가지고……."

—뭐! 니가 머뭇거리니까 그런 거지! 알면 말해보라고요~

"오늘도 못 만나는 거냐고 그렇게 물어봤잖아요."

─오… 들었네?

자신의 예상이 틀린 게 무안한지, 예슬의 목소리 톤은 아까완 달리 기어들어 가고 있었다.

─근데, 왜 묻는데 아무 말도 안 해?

"미안하니까 그렇지."

─어~ 어? 이거 봐라? 지금 어디서 한숨이야? 일주일이 넘게 애인 얼굴 못 본 나도 이렇게 참고 있는데!

벌써 그렇게 됐나? 하긴, 남해에서 돌아오고 나서부터 쭈욱 못 봤으니, 그렇겠네.

"죄송할 따름입니다."

─알면 빨리 사건이나 끝내시죠? 자칭 천재이신 분이 이번엔 왜 이리 밍기적거리시나?

"이거 안 되겠구만. 응? 내가……."

똑… 똑…

누구지? 올 사람이 없는데?

"선배, 들어가도 될까요?"

갑자기 지민이가 웬일이지? 혹시, 단서라도 잡은 건가?

"어, 잠시만. 통화 중이라."

"예."

─어이, 최승민 씨… 목소리 까는 거 보니까, 여자인 거 같은데?

"얼씨구? 전에 말했던 후배거든요."

—아~ 지민 씨라던 사람?

"응. 아무래도 급한 일인 거 같으니까, 이따 내가 전화할게.

—알았어. 오늘은 잊지 말고 꼭 하셩?

"어. 그럼, 이따 봐."

그렇게 통화를 마치고 핸드폰을 내려놓자, 지민이 다가오며 물었다.

"애인 분이셨나 봐요?"

"맞아. 근데, 그런 것보다, 넌 주말에 웬일이야?"

"아… 임 선배님께서 할 거 없으면 주 형사 수사 도와줄 테니까 나오라고 하셔서요."

"임 선배가?"

"예."

미안하게시리… 하여튼 이 양반도 사서 고생하는 타입이라니까. 자긴 그렇다 쳐도, 지민이 얜 또 무슨 죄야…….

"미안, 괜히 나 때문에 니가 고생이 많다, 야."

"아니에요. 저도 이게 마음이 편한걸요."

"주말인데 편하긴, 임 선배 등쌀에 어쩔 수 없이 나왔겠지. 안 그래?"

"선배도 참… 정말 그런 거 아니에요~"

손사래를 치는 걸 보니, 어지간히도 당황한 모양이다.

"장난이야. 근데 내 사무실에는 어쩐 일이야? 뭔가 단서라도 잡은 거야?"

"에? 예… 선배님들 짐작대로 주 형사가 저희 쪽 정보를 알려준 것 같아요."

"이거, 아니길 바랐는데……."

주 형사, 이 씨발 새끼가… 뒤에서 이 지랄을 해놓고, 뻔뻔하게 포기하잔 말을 했단 말이지.

"선배, 괜찮으세요?"

"어, 괜찮으니까 걱정 안 해도 돼. 이러다 임 선배 화내겠다. 갑시다."

임 선배를 떠올렸던 걸까? 고개를 끄덕인 지민이가 서둘러 문으로 향하자, 이때가 기회다 싶었는지 우리 망령께서 그새를 참지 못하고, 기어코 입을 여셨다.

[호오~ 무늬만 검사인 어느 멍청이 씨가 하라는 수사는 안 하고 애인이랑 노닥거리는 바람에 지루해지려던 참이었는데, 이게 웬일이래?]

출싹대는 복순에게 검지를 입에 대며 주의를 주었지만 그런 내 기대를 저버리며, 걱정 말라는 듯 어깨를 토닥인 그녀가 지민의 곁으로 홀랑 날아가 버렸다.

그 꼴을 보고 내가 퍽이나 안심이 되겠다, 이 아가씨

야……. 가는 날이 장날이라더니, 선배가 이럴 줄 알았으면, 그냥 데리고 오지 않는 건데.

*      *      *

"어이구, 우리 최승민이가 드디어 오셨구만."

과장되게 반기는 모습과는 달리 선배의 얼굴엔 짜증이 가득했다.

"누구 명령인데요. 당연히 한걸음에 달려왔죠."

"그래? 그라문 내가 왜 불렀는지는 모르겠네?"

"대충은 알아요. 주 형사가 제 뒤통수를 제대로 쳤다는 거 정도?"

"대충은 무슨, 그 정도면 다 아는구만."

"근데, 어떻게 알아내신 거예요?"

"아, 그건 찾아낸 지민 씨한테 물어본나."

"오~ 윤지민~."

놀란 눈으로 바라보는 내 시선이 부담스러웠던 걸까? 볼을 매만지는 그녀의 손가락들이 허공에서 갈피를 잡지 못한 채 우왕좌왕하고 있었다.

"사실, 딱히 뭔가를 한 건 아니라서, 조금 민망하네요."

"아니야, 언제부터 수사하는 데 대단한 기법이 있었다고.

찾아내면 장땡이지. 안 그래요, 선배?"

"하모, 그니까 가스나, 너도 이제 내숭 그만 떨고, 퍼뜩 말해라."

"선배님! 내숭이라뇨… 민망해서 그렇다니까요."

"알았다, 알았어. 그만 노려봐라."

임 선배한테 눈을 흘기는 걸 보니, 며칠 새에 선배랑 많이 친해지긴 했나 보구만.

"그럼, 최 선배, 말씀드릴게요."

이런, 이런… 대담하게 아내 통장으로 받은 걸 보면, 설마 자신을 의심할 거라고는 생각하지 않았던 건가?

"어때? 기가 막히지 않나?"

"예, 대놓고 일을 벌였는데 이제야 그걸 알았다는 게 황당하네요."

"이제라도 알았으면 됐지. 사실, 금마가 그럴 줄 어떻게 알 수 있었겠어?"

"그렇죠. 근데, 주 형사가 맞다는 건 저희 쪽에도 한 놈이 숨어 있다는 거네요."

"아, 그렇지. 사실 너 부른 것도 그것 때문이다."

"뭐, 그게 문제 될 게 있나요? 분명히 연락을 주고받았을 테니, 핸드폰 내역만 조사해 봐도 금방 아니에요?"

"그게 말이다. 지민이 쟤가 계좌 뒤져 볼 동안, 내가 인마 핸드폰 조사를 했거든? 근데~ 깨끗해. 그 범죄자 놈들이랑 통화한 흔적도 없더라. 아무래도 대포폰을 쓰는 것 같은데."

젠장, 이런 곳은 또 치밀하게 해놓으셨구만.

"그거… 골치 아프게 됐네요."

"니 생각도 그렇지?"

"흐음……."

[뭐야? 대체 뭐가 골치가 아파? 증거도 있겠다, 주 형사인가 하는 그놈을 잡아놓고 물어보면 되잖아?]

복순 씨께서 두 사람 몰래 장난을 치던 것을 멈추고 다가오고 있던 그때, 믿었던 지민이마저 엉뚱한 질문을 해왔다.

"저기… 최 선배, 죄송하지만, 제가 봤을 땐 문제가 될 게 없어 보여서 그런데… 두 분이 왜 그러시는지 알 수 있을까요?"

"뭐?"

"사실은 아까… 임 선배님께서 최 선배라면, 왜 그러는지 알 거라면서 이따 물어보라고 하셨거든요."

"아, 그랬어?"

[어머… 진짜 느끼해 죽겠네.]

"임 선배나 내가 지금 고민하고 있는 건……."

[왜? 방금 나 무시하던 것처럼 이 여자도 바라보시지? 뭐? 뭐?]

"이놈이 형사라서 그런 거야."

"예? 선배, 그게 무슨……."

[엥?]

그렇게 깐죽대더니, 얌전해진 걸 보면 궁금하긴 하나 보네.

"우리가 그냥 신변을 넘겨받아서, 수사를 해도 사실 문제는 안 돼. 근데, 형사를 잡아오면 당연히 이목이 집중될 거 아냐. 그럼, 공범이 눈치를 채는 건 시간문제 아닐까?"

"아… 그렇네요."

"그리고 그것보다 더 선배와 내가 신경 쓰는 건, 우리가 경찰을 지휘를 하는 입장이지만, 결국 경찰도 엄연히 그들만의 조직 체계를 가지고 있다는 점이야."

"그 말씀은 저희와 괜한 마찰이 일어날 수도 있다는 말씀이시군요."

"아이다. 일어날 수도 있는 게 아니라 백퍼 일어난다. 표면적으론 그렇게 안 보일지 몰라도, 그쪽도 이를 갈 거야. 이제 좀 알겠나?"

"예, 선배님. 기본적인 건데, 의욕만 앞서서 제가 하마터면 실수를 할 뻔했네요."

임 선배… 저도 지민이랑 몇 달 차이도 안 나는 신입인데, 저한테 짬 때리고 이제 와서 너무 멋있는 척하는 거 아닙니까?

"임 선배, 말은 그럴싸하게 했지만, 저도 이 문제를 어떻게 해결해야 좋을지 모르겠는데요?"

"인마 보게? 이제 선배한테 짬을 때리려고 하네?"

"에이~ 정말 몰라서 그래요."

"지랄하네. 정말 몰랐으면, 니가 골치가 아프다고 그랬겠나? 하여간, 넌 정이 안 간다."

무슨 말인지 모르겠단 눈빛으로 바라보자, 어이없어 하던 선배가 하는 수 없다는 듯 한숨을 내쉬었다.

"잘 들어라. 다 피가 되고 살이 되는 기다."

지이잉— 지이잉—

"누꼬? 오랜만에 진지한 이야기 좀 할라고 했더니만!"

"죄송해요. 선배, 잠시만요."

"하~ 니 오늘 참 가지가지 한다. 응?"

그렇게 선배의 핀잔을 받으며 바지춤에서 꺼낸 핸드폰 액정엔 다시는 보고 싶지 않았던 이름이 떠 있었다.

"머꼬? 안 받고 뭐 해?"

"아뇨. 안 받아도 될 전화예요."

"뭔데? 스팸이가?"

"뭐… 그거랑 비슷하네요."

"최 선배 의외네요."

"음? 갑자기 뭐가 의외야?"

알 수 없는 지민의 뜬금없는 말에 고개를 갸웃거리자, 그녀가 웃으며 내게 말했다.

"선배는 그런 사람 없을 줄 알았거든요."

이게 무슨 뚱딴지같은 말이야?

"그런 사람?"

"아~ 불편해하거나 싫어하는 사람이요."

"그러게. 승민이 쟘마가 저런 표정 짓는 거 처음 보네? 설마 빚쟁이인 건 아니제?"

"빚쟁이는요. 그냥 설명하기 조금 복잡해요. 어차피 안 받으면 금방 포기할 테니 하던 이야기나 마저 하죠?"

"그래, 그러자. 어디까지 말했더라… 모르겠다. 아무튼, 주 형사 금마가 형사란 말이다. 지민아, 이럴 땐 어떻게 하는 게 좋을 것 같나?"

선배의 질문에 한참을 고민하던 지민이 머리를 긁적이며 소심하게 대답했다.

"글쎄요? 절차가 문제라면, 그냥 양해를 구하면 되지 않을까요?"

"그렇지. 이제 말이 좀 통하네. 그라문 된다. 그렇게 하면 그쪽이 이해를 하고 넘어가겠지. 근데, 그것보다 더 좋은 방법이 있다."

"그게 뭔가요?"

"지민아~ 그래도 생각 좀 하고 물어봐라."

"헤헤. 모르겠는걸요~"

"웃지 마라. 정 든다, 이 가스나야. 더 좋은 방법은 그냥, 그쪽에서 맡아 뿔면 된다."

"예? 아! 정말로 그러면 되겠네요. 서로 자존심 상할 일도 없고."

"그래. 다만, 문제가 있다. 이게 골치가 아픈 기라."

"왜요? 그냥 말하면 되지 않나요?"

"괜히 '아' 다르고 '어' 다르다고 하는 게 아니야. 검사가 말을 하문, 어떻게 하든 명령처럼 들린단 말이지. 그럴 필요 없지 않겠나?"

"그럼 우리는 못 나선다는 건가요?"

"그게 아니라, 굳이 나설 필요가 없다는 말이다. 경찰 쪽이랑은 우리보다 수사관들이 친한 게 사실이잖아? 뭐, 그래도 정 안 되면 나서야지. 알력 싸움도 상황 봐서 하는 게 맞지 않겠나?"

"선배님 말씀대로면 하 수사관이 나서야 된다는 말씀이신데, 하 수사관도 완전히 믿을 수 없지 않나요?"

"이젠 믿어도 돼. 하 수사관이면 따로 핸드폰이 있을 필요가 없어."

"그건 왜죠?"

"둘 다 같은 사건을 수사 중이었어. 그렇다는 건, 그냥 평소처럼만 말을 주고받아도 서로 공유가 된다는 말이야."

"그래도 하 수사관이 꼼꼼한 성격이니 따로 만들었을 수도 있잖아요? 또 두 사람끼린 상관없더라도 범인과 통화를 할 땐 필요하지 않나요?"

"니 말도 일리가 있지. 근데 그러면 더 말이 안 된다. 그 정도로 꼼꼼한 성격인데, 당연히 한쪽이 걸리면 나머지도 걸릴 게 뻔한 상황에서 자기 계좌는 그렇게 깨끗하게 해놓고 점마가 저렇게 하게 놔뒀을 것 같아? 절대 아니야. 이건 당연히 그 정도는 할 거라고 생각한 놈이 공범일 가능성이 높아."

"선배, 근데 아까부터 서운하게 지민이랑만 말하실 거예요?"

"알고 있던 놈한테 말해서 뭐하노? 입만 아프지."

삐친 아이처럼 툴툴대던 임 선배가 퉁명스럽게 내게 물었다.

"니 생각은 어때? 하 수사관한테 맡겨도 되겠나?"

"맡기는 게 맞지 않을까요? 며칠간 하 수사관만 조사한 선배가 그렇게 말하는 걸 보면, 하 수사관이 공범이 아닌 이유가 더 있는 거죠?"

"하여간, 이쪽이나 저쪽이나 눈치만 빨라 가지고. 그래, 인마, 있다. 수사관이 그러더라. 자기 의심하는 거면 이제 그만하라고. 그러다 잡을 놈도 놓친다나 뭐라나."

"하… 어떻게 알았대요?"

"같이 일한 게 벌써 몇 년인데, 승민이 니 사건 때문에 의심하는 거 아니면, 내가 자기 빼놓고 야근할 사람이 아니라던데?"

"호오~ 그럼, 주 형사가 그런 줄 알게 되면 하 수사관도 가만있지 않을 것 같은데요?"

"당연하지. 주 형사 금마, 지금쯤 혼이 쏙 빠졌을걸?"

"예?"

"아까 연락하니까, 먼저 가서 이 반장이랑 그노마 구워삶아 놓을 테니까 천천히 오라던데?"

"어쩐지, 오늘따라 선배답지 않게 느긋하시더라니. 하 수사관도 우리 기다리다 지쳤을 것 같은데, 그럼 이제 출발하죠?"

"그 전에 그 전화부터 끄든지, 아니면 좀 받아라, 새꺄. 노이로제 걸리겠다. 벌써 몇 분째고?"

"죄송해요. 이거 아무래도 한번 받아야 할 것 같네요."

"그래. 지민이랑 밑에서 기다릴 테니까, 후딱 받고 온나."

"예, 선배. 금방 내려갈게요."

모두가 방을 나서고 나서도 한참 동안 핸드폰을 바라보고만 있자, 복순이 짜증 섞인 목소리로 내게 물었다.

[서민후? 서민후가 대체 누구길래 이러는데?]

"몰라도 돼. 어차피 당신은 볼 일도 없어."

[흐응, 그렇게 말하는 걸 보면, 정말 엄청 싫어하나 보네.]

"당연하지. 좋아하려야 좋아할 수가 없는 놈이니까. 여보세요."

─여보세요. 승민이 맞지?

"어, 맞아."

─아~ 새끼. 하도 안 받아서 전화번호 바뀐 줄 알고 놀랐잖아.

"됐고, 바쁘니까 용건만 간단히 말해줬으면 하는데?"

─자식, 쌀쌀맞은 건 여전하네. 다른 게 아니라, 부탁할 게 있어서. 괜찮으면 좀 도와달라고. 뭐~ 괜찮지 않아도 도와주기만 한다면야 상관없고.

"뭔지 모르겠지만, 니가 나한테까지 부탁할 정도면 급한 일일 것 같은데?"

─그렇지……?

"뭔데?"

─그건 만나서 이야기하자. 전화상으론 설명하기가 좀 그래서.

"그럴 필요 없어. 거절하려고 하던 참이었거든."

─허얼… 세게 나오시네.

"말하는 본새를 보니까, 그렇게 급한 것도 아닌 거 같은데 이만 끊읍시다."

─나야 별 상관없지만, 넌 후회하게 될 텐데, 괜찮겠어?

"헛소리하지 말고, 엉뚱한 일 벌이려고 하는 거면 딴 사람 알아봐. 난 관심 없으니까."

─그러지 말고 좀 만나자, 승민아.

갑자기 목소리를 낮게 까는 녀석의 말투가 신경을 거슬렀다.

"내가 관심 없다고 했을 텐데?"

─싸가지 없는 건 여전하네. 그래도 다행이다~ 난 또 니가 협박받은 것 때문에, 의기소침해하고 있으면 어쩌나 걱정했는데 말이야.

"뭐……? 너 지금 뭐라고 했어?"

─왜? 이제 좀 구미가 당기나 봐?

"서민후! 장난치지 말고 똑바로 말해! 니가 그걸 어떻게 알아!"

─오랜만에 얼굴도 볼 겸, 우리 자세한 건 만나서 이야기

합시다.

"장난하지 말라고 했지!"

―장화림이라고, 종로 근처에 유명한 음식집 하나 있거든? 그럼, 거기서 봅세.

"야! 이 새……."

뭐라 말할 새도 없이, 일방적으로 자신의 말만 전한 녀석이 전화를 끊어버렸다.

[대체 어떻게 된 거야?]

복순이 놀란 눈으로 물었지만, 오히려 그건 내가 알고 싶은 것이었기에, 난 그저 고개를 저을 수밖에 없었다.

대체 그놈이 어떻게 알았을까?

[승민 씨?]

핸드폰을 붙잡고 멍하니 서 있던 내가 갑자기 문을 박차고 나서자, 뒤에서 놀란 복순의 목소리가 들려왔다. 하지만 지금은 그녀의 말에 대답을 해줄 여유 따윈 없었다.

"최승민이 왜 이리 늦노?"

"죄송해요. 통화가 조금 길어졌어요."

"받기 싫다더니, 뭐꼬? 숨겨 놓은 애인이라도 되나?"

"차라리 그랬으면 좋았을지도 모르겠네요."

"지민아, 얘가 지금 뭐라는 기가?"

임 선배의 질문에 지민이 고개를 저으며, 걱정스러운 눈빛으로 내게 물었다.

"선배님, 괜찮으세요? 대체, 무슨 일이신데 그러세요?"

"그래, 승민아. 뭔 일인데? 알아야 도와주든 말든 할 거 아이가?"

"말하기 조금 곤란한 일이에요. 아무튼 경찰서엔 지민이랑 선배만 다녀오셔야 할 것 같아요."

굳어 있는 내 표정에서 사태의 심각성을 읽은 것일까? 임 선배가 할 수 없다는 듯 고개를 끄덕였다.

"하… 그래. 그라문 더는 말 안 하마. 무슨 일인진 몰라도 니가 그러는 거 보면 중요한 일 같은데, 내가 지민이랑 여긴 잘 해결할 테니까 걱정 말고 다녀와."

"예, 선배. 그럼 부탁 좀 드릴게요. 지민아, 잘 부탁한다."


＊　　　＊　　　＊


―목적지 주변에 도착했습니다. 음성 안내를 종료합니다.

[승민 씨…….]

내비게이션의 안내가 종료된 후에도 한참 동안 운전석에 앉아 있자, 내 눈치를 살피던 그녀가 조심스레 물었다.

[정말 괜찮은 거야?]

사실 괜찮을 리가 없다.

뭔가 할 말이 있어 보이는 그녀를 외면한 채, 안전벨트를 풀며 말했다.

"어, 그냥 생각 좀 정리한 거니까, 걱정하지 마."

[하긴, 아는 사람인데 설마 승민 씨한테 해코지를 하겠어? 그치?]

세상 살다 보면 깨닫게 되겠지만, 사람 등쳐 먹는 놈들은 언제나 남이 아니야, 이 순진한 아가씨야.

"당연하지. 헛소리 지껄이면 주먹이라도 날려주지 뭐."

[응. 이제야 승민 씨답네.]

안심한 듯 웃는 그녀와 달리, 차에서 내리는 내 속은 타들어가고 있었다.

최악의 상황이라면, 녀석을 체포해야 할지도 모르는 건가?

그런 내 마음을 아는지 모르는지, 장화림이란 간판이 걸린 3층짜리 건물 앞에 서 있는 당사자의 얼굴엔 여유가 가득했다.

[저 사람이야?]

복순이 기다리기 지루한지, 기지개를 펴고 있는 서민후를 가리켰다.

"어."

[흐응, 뺀질거리게 생겼을 줄 알았는데, 생각한 거랑은 완

전 다르네? 착하게 생겼네.]

그냥 잘생긴 거겠지……

그렇게 녀석에 대해 이야기를 하며 발걸음을 옮기고 있을 때, 이쪽을 본 녀석이 손을 흔들어댔다.

"여어~ 최승민! 여기야! 여기!"

바보처럼 해맑게 웃는 녀석을 말없이 쳐다보자, 머리를 긁적이며 녀석이 물었다.

"우리 다음에 만날 땐, 웃으면서 만나자고 하지 않았나? 왜 이렇게 심각해?"

아까의 통화 내용은 까마득히 잊은 것처럼, 태평스레 악수를 청하는 녀석의 행동에 울화가 치밀었다.

탁!

"너냐?"

손을 쳐내자, 민망한 듯 내밀었던 손을 쥐락펴락하던 놈이 알 수 없다는 듯 고개를 갸웃거렸다.

"뭐가 나야?"

"나한테 협박 편지 보낸 게 너냐고 묻고 있는 거잖아!"

"아~ 난 또 뭐라고. 니가 협박 편지 하나 받았다고 눈하나 깜박할 리가 없는데, 내가 그런 멍청한 짓을 할 리가 있어?"

"뭐?"

"당연한 걸 가지고 뭘 그리 놀라? 그리고 만약에 나였다면, 니가 이러고 있진 못했을걸? 나라면 니 모가지부터 쳤을 테니까."

"지금 협박하는 거냐?"

"협박은 무슨… 그래서 만약이라고 했잖아. 사실, 이런 짓은 세상 물정 모르고, 지가 최고인 줄 아는 헛똑똑이나 하는 짓이지. 나랑은 거리가 멀어서 말이야."

"그 말은 누가 했는지는 알고 있다는 거네?"

"뭐, 어느 정돈. 어떻게 할래? 먼저 내 부탁 들어주면, 다 말해줄 의향도 있어."

순간, 내 눈길을 피한 녀석의 입가를 스치고 간 차가운 미소 때문일까. 놈의 새하얀 눈썹이 오늘따라 불길하게만 느껴졌다.

"장담하는데, 니가 스스로 찾아냈을 땐, 이미 늦었을 거야. 놈들은 지금도 발을 빼고 있거든."

녀석의 마지막 말에 목구멍까지 올라왔던 '필요 없으니까, 그냥 내 앞에서 꺼져'라는 말을 삼켜야 했다.

"뭔데? 일단 무슨 부탁인지 들어나 보자."

"야, 제발 인상 좀 펴라. 설마 내가 검사한테 이상한 부탁하겠어?"

"판단은 내가 할 테니까, 헛소리 말고 뭔지 말이나 해."

"그게, 사실은 내가 이번에 하는 일 때문에 스폰을 좀 받아야 하는데, 그 양반이 여간 깐깐해야 말이지."

"스폰? 너 설마, 무슨 사업 같은 거 하냐?"

"뭐, 비슷하긴 해."

벌써부터 수상한데?

"그래서 내가 뭘 해주면 되는데? 설마, 나 내세워서 스폰을 따내려고 하는 거면 일없다."

"야! 시대가 어느 시대인데, 그런다고 해주겠냐? 그런 게 아니라, 믿을 만한 친구 한 명만 데리고 와 보란다. 그래야 믿을 수 있다나 뭐라나……."

"무슨 사극 찍는 것도 아니고, 그게 무슨 헛소리야?"

"낸들 알아? 밑지고 들어가는 입장인데, 까라면 까는 거지."

"근데, 총학생회장까지 했던 놈이 왜 나냐? 친구도 많잖아. 정 아니면, 광현이 놈한테 부탁해도 됐을 텐데?"

"그런 줄 알았는데, 막상 찾아보니 믿을 놈이 없더라고. 광현인……."

광현을 입에 올리던 녀석이 미묘한 얼굴로 황급히 말을 돌렸다.

"아무튼, 그냥 대충 내 친구인 척 말만 잘해주면 되는 건데, 어때?"

"그 정도면 나쁘진 않네."

"오케이, 1시까지 보기로 했으니까, 그럼 들어가자."

"약속이나 잊지 마."

"친구가 위기에 빠졌는데, 모른 척 넘어갈 정도로 매정한 놈은 아니니까, 그건 걱정 마셔."

협박 같은 부탁을 한 주제에 뚫린 입이라고 잘도 지껄이는구만. 장소도 이곳으로 정한 걸 보면, 당연히 내가 이렇게 나올 거라고 예상한 건가?

한 방 먹었다는 생각을 하며 녀석을 따라 들어가는데, 갑자기 복순이 말을 걸어왔다.

[승민 씨, 잠깐만.]

"왜?"

[저 사람, 아까 나랑 눈 마주친 것 같아.]

"당신이 착각한 거겠지. 그럴 리가 없잖아."

[정말이래두! 잘 봐!]

후… 안 그래도 서민후 저 자식 때문에 혼이 반쯤 나간 상태구만. 말릴 새도 없이 그녀는 이미 녀석의 근처에 다가가 있었다.

[자! 봐 봐!]

복순이 녀석에게 온갖 생쇼를 하고 있는 꼴을 보니, 처음으로 놈에게 미안한 마음이 든다.

"야, 최승민, 뭐 해. 이제 와서 싫다고 하는 건 아니지?"

그런 복순의 만행을 모르는 녀석은 그저, 걱정스러운 눈빛으로 내게 물어올 뿐이었다.

"걱정하지 말고 가기나 하셔."

[얍!]

최후의 수단이라도 되는 양, 민후 녀석 앞에 멈춰 섰지만, 놈은 그녀의 몸을 통과해, 그대로 3층에 위치한 장화림의 유리문을 열고 안으로 들어갔다.

[이상하네……]

"내가 보기엔 당신이 더 이상하거든. 제발 그만하고 들어갑시다?"

\*      \*      \*

"이야, 이 정도면 돈깨나 썼겠는데?"

한눈에도 고급스러워 보이는 장화림 내부의 모습을 보자, 서민후 놈이 이번 일에 얼마나 공을 들이고 있는지 느껴졌다.

"당연하지. 미래의 내 동아줄이 될지도 모르는데, 이 정도는 해줘야지."

"대체 누구길래 제 잘난 맛에 사는 니가 그런 소릴 다

하나?"

"뭐, 지금은 그냥 부동산 쪽에서 알아주는 양반인데, 내 예상이 맞다면 얼마 안 있어서 대단해질 거야."

"그러다 잘못되면 어쩌려고?"

"걱정 마. 다른 쪽은 몰라도 돈과 관련해선, 나보다 촉이 좋은 놈은 본 적이 없으니까."

하긴, 이놈이 망하든 말든 내 알 바 아니지. 나는 이 녀석이 말했던 지금도 발을 빼고 있다는 놈들이 누구인지 알아내기만 하면 그걸로 족했다.

그 전에 녀석의 앞에서 연신 손을 흔들고 있는 저 망할 생령을 누군가 말려줬으면 여한이 없을지도……

"모르겠다. 그것보다, 아까 나한테 했던 말이랑 다르면 바로 일어날 거니까, 그렇게만 알고 있어."

"그런 일 없을 테니까, 걱정 말고 부탁한 대로 말만 해주면 돼."


드르륵.

독방인 예약석에서 10분쯤 기다리자, 민후 놈이 말했던 인물이 미닫이문을 열고 안으로 들어왔다.

"어이쿠, 미안하네. 내가 조금 늦었네."

"아닙니다. 사장님. 저희도 방금 도착했는데요. 이쪽으로 앉으시지요."

녀석이 평소의 건들거리는 모습은 어디 갔는지, 깍듯하게 손님을 상석으로 안내하고 있었다.

"그럼, 자네도 앉게. 아! 이분이 친구 분이신가?"

자리에 앉으려던 그가 민후 녀석 옆에 서 있던 내게 악수를 청해왔고, 그제서야 그를 자세히 본 난 놀라움을 감춘 채 평정심을 유지하려 애써야 했다.

왜 이 사람이 여기에 있는 거지?

"안녕하십니까. 처음 뵙겠습니다. 최승민이라고 합니다."

"그래요, 반가워요. 민후 군 친구라니 편하게 말을 놓아도 되겠지요?"

"예, 당연하죠."

"그래, 그래. 자네도 어서 앉게."

"예."

상황이 어떻게 흐를지 모르니 일단은 아무것도 모르는 척 그에게 고개를 숙이며 자리에 앉았다.


"아이구. 이거 서둘러 오다 보니, 정신이 없구만. 미안하지만 목부터 좀 축이고 이야기를 나눠봅세."

너털웃음을 터뜨리며, 아무렇지 않게 앞에 놓인 차를 반쯤 비우는 그를 보았다. 나에 대해서 기억하지 못하는 것이 분명해 보였다.

그나저나 이 양반이 평소에 기행을 많이 했다고 들었는데, 이렇게 직접 겪게 될 줄이야.

"이제야 좀 살 것 같구만. 승민 군이라고 했던가?"

"예, 어르신."

"나 때문에 괜히 자네가 고생이 많구만."

"아닙니다. 이것도 다 경험인데요."

"그렇게 생각해 주니 고맙구만. 민후 군에게 들어서 알고 있겠지만, 난 오산에서 조그맣게 고물상을 하고 있는 전상용이라고 하네."

"에이, 사장님도 참. 그게 조그만 거면, 웬만한 회사는 다 문을 닫아야 할 겁니다."

민후 녀석이 그의 비위를 맞추려는 듯 농담을 건네자, 당치도 않다는 듯 그가 손사래를 쳐댔다.

"에끼! 이 사람아! 무슨 말도 안 되는 소리를 하고 있어?"

"말도 안 되는 소리라뇨? 그렇지 않다면 서 의원님께서 중요한 분이니, 잘 모시라는 말씀을 하실 리가 없지 않습니까."

"서중원 의원께서 내 얼굴에 금칠을 해주셨구만."

서중원? 야당 실세라는 정성당의 서중원을 말하는 건가? 서민후, 이 자식이 그 사람 밑에서 일을 하고 있다고?

"금칠은요."

"됐네, 됐어. 여기까지 합세."

멋쩍은 듯 볼을 붉적이던 전상용 씨가 내게로 시선을 돌렸다.

"그래, 자네는 뭘 하고 계신가?"

"예. 부족하지만 서울중앙지검에서 검사로 일하고 있습니다."

"허, 검사라……."

검사라는 내 말에 놀라는 것도 잠시, 그는 언제 그랬냐는 듯 다시 여유로운 얼굴로 내게 말했다.

"이거 내가 귀한 분의 시간을 뺏는 건 아닌지 모르겠구만."

"아닙니다. 괜찮습니다."

"자네가 검사라고 하니 갑자기 달라 보이는 걸 보면, 나도 속물이 다 됐어. 그래, 우리 검사님께선 민후 군과 어릴 적부터 친구였나?"

"아니요. 저 친구와는 대학교에서 친해졌습니다."

그는 나를 통해 녀석의 됨됨이를 알아내려는 듯 녀석을 알게 된 계기를 묻는 것을 시작으로 계속해서 질문을 던져 왔다.

그렇게 15분 정도 그와 대화를 나누었을 즈음, 그가 갑자기 나를 빤히 쳐다보며 물었다.

"흐음, 근데 참 볼수록 낯이 익다는 느낌이 드는구만. 자네, 혹시 전에 나와 만난 적이 있나?"

내심 나를 알아보지 못하는 그에게 섭섭했는데, 이렇게 물어오니 또 뭐라 말을 해야 할지 모르겠다.

하지만 고민의 시간은 그리 길지 않았다.

"예? 아마, 어르신께서 다른 사람과 저를 착각하신 것 같습니다."

"하긴, 그렇겠지. 오산 토박이인 내가 자네를 아는 게 이상한 일일 테지……."

납득한 것처럼 고개를 끄덕이던 그가, 갑자기 품안에서 낡은 지갑을 꺼냈다.

"사장님, 왜 그러십니까?"

갑작스러운 그의 행동에 민후 놈이 놀란 눈으로 그를 바라보며 물었지만, 전상용 씨의 시선은 갈색 얼룩이 묻어 있는 낡은 종이쪼가리에서 떨어지지 않았다.

"승민 군, 혹시 신명고등학교를 졸업하지 않았나?"

"어떻게 아셨습니까?"

"아까는 농담으로 말을 했건만, 정말 내가 타산에 빠져 속물이 다 되었나 보구만. 생명의 은인을 이제야 알아보는 걸 보면 말이야."

미안한 듯 씁쓸한 미소를 지으며 그가 건넨 종이엔, 날 짜와 함께 신명고라 쓰여 있는 글귀 밑에 내 이름이 쓰여 있었다.

"날세, 승민 군. 자네 덕에 목숨을 구한 전상용일세."

이거, 나로 인해 서중원과 전상용이 손을 잡게 되는 건 아니겠지……?


*　　　　*　　　　*


전상용 씨와의 식사를 마친 후 건물을 나서자마자 녀석이 떨떠름한 얼굴로 내게 물었다.

"대체 어떻게 된 거야? 생명의 은인이라니?"

"별거 아냐. 우연히 칼에 찔린 전상용 씨를 병원으로 모셔다드린 게 전부니까."

"흐음, 전 사장이 너한테 하는 행동을 보면, 그게 다가 아닌 것 같은데?"

"아니긴 뭐가 아냐. 당사자가 그렇다면 그런 거지."

"하긴, 그런 게 뭐 대수겠어. 니 덕에 점수 좀 톡톡히 땄으니, 이제 구워삶을 일만 남았는데."

"잘됐네. 그럼 이제, 아까 해준다던 말이나 해봐."

"오케이. 아까 들어서 알겠지만, 내가 서 의원 밑에서 일을 하고 있다는 건 알지."

"어, 근데 그게 뭐?"

"얼마 전에, 정계를 발칵 뒤집는 일이 일어났어."

"발칵 뒤집는 일?"

"어. 어떤 미친놈이 건드리면 안 되는 사건을 건드렸거든."

"그 사건이 설마……."

"맞아. 니가 맡고 있는 그 사건이야."

"알아듣게 말을 해. 한낱 피라미드 사건 때문에 국회가 뒤집혔다고?"

"한낱 피라미드 사건이라고 생각하는 건 너뿐이야. 여야를 불문하고 그놈들한테 정치자금을 안 받은 인간이 드물 정도니까."

"뭐? 야, 기껏해야 수십억이 조금 넘을 텐데, 그게 말이 된다고 생각해?"

"이거야 원… 소가 뒷걸음치다 쥐를 잡은 꼴이구만. 포기했던 사건을 다시 조사한다고 해서, 뭔가 알고 있다고 생각했더니만. 너, 위험하니까 그만 손 떼라고 하면 어떡할래?"

"지랄하지 말고, 하던 말이나 계속 지껄이라고 하겠지."

"하여간, 성격하고는……. 이번 사건이 밝혀지게 되면, 내가 알고 있는 것만 추산해도 대한민국 최대 규모의 사기 사건으로 기록될 거야."

최대 규모?

"대체 규모가 어느 정도길래 그런 말을 하는 거야?"

"단위 자체가 다르거든. 억이 아니라, 조 단위니까."

"조 단위라고? 그럼……."

"꼴을 보니, 대충 눈치는 챘나 보네."

"닥쳐. 언제부터야?"

"아마 5년 전. 나도 자세히는 몰라. 어쨌든 꾸역꾸역 쌓이다 이제야 터지기 시작했어. 뒷돈을 챙기던 노망난 늙은이들이 하나둘씩 사태 파악을 했을 땐, 이미 늦은 후였지. 너만 아니었어도 양쪽 모두한테 해피엔딩이었을걸."

"검사인 나도 모르고 있는 걸 잘도 알고 있네?"

"정보력이야. 어떤 기관도 검찰이나 국정원을 따라가지 못하겠지만, 결국 그 정보가 모이는 곳이 정계 아니겠어. 안 그랬으면, 니가 협박 편지를 받을 일도 없잖아?"

"그럼, 협박 편지는 니들 쪽에서 보낸 거냐?"

"아니, 여당 쪽에서 먼저 나섰다고 들었어. 그쪽에선 꽤 거물이 걸려 있나 봐. 뭐 우리 쪽도 발등에 불이 떨어진 건 매한가지지만. 내가 해줄 말은 여기까지야."

"근데, 이런 이야기를 나한테 해줘도 되는 거야? 잘못하면, 니가 모시는 서 의원까지 위험해질 수도 있을 텐데?"

"빈자리가 있어야 나 같은 놈들이 위로 치고 올라가지 않겠어?"

"참 나, 넌 여전하구나. 근데, 대체 서 의원은 너 같은 놈을 뭘 믿고 쓰는지 모르겠다. 사실 사학과면, 정계에 뛰어들 스펙은 아니지 않나?"

"그것도 삼시 합격이면 오히려 메리트가 되더라고. 나중에 역사를 알고 정치를 하고 싶었다고 포장해도 되고 말이야."

"삼시 합격?"

"외무, 입법, 행정. 뭐야, 왜 모르는 척이야?"

"니가 그걸 다 합격했다고?"

"광현이 말로는 너도 사법 고시를 한 번에 합격했다고 들었는데, 뭘 그리 놀라?"

괴물 자식. 이딴 쓰레기 같은 놈한테 그런 재능을 주다니, 정말 하늘도 무심하구만.

"됐다. 너랑 무슨 말을 하겠냐. 그럼 이젠, 돈 버는 일은 포기한 거겠네."

"응? 오히려 그 반대인데?"

"반대라고?"

"당원이 되면, 볼펜 한 자루까지 공짜에다, 범죄를 저질러도 알아서 막아주지. 거기다 남의 돈으로 당선돼서, 생색은 다 내는 직업이 어디 있겠어? 돈 벌기엔 아주 딱이지 않냐?"

스님, 어째서 이런 놈을 살리기 위해 그런 희생을 하신 겁니까…….

당당하게 말하는 녀석에게 기가 차, 아무 말도 못 하고 있을 때, 녀석의 핸드폰이 울리기 시작했다.

띠리리링— 띠리리링—

"잠시만. 여보세요. 예, 사장님. 지금요? 예, 알겠습니다. 바로 찾아뵙죠."

전화를 끊은 녀석이 핸드폰을 흔들어대며, 혀를 끌끌 찼다.

"하아… 내 이럴 줄 알았어. 쉬운 양반이 아니라니까. 은인 앞에선 차마 말 못 한 이야기를 시작하자는 건가?"

은인?

"혹시, 전상용 씨냐?"

"맞아. 이 능구렁이 같은 인간, 여유롭게 차나 한잔하다 갈 거라고 했을 때부터 알아봤어야 했는데."

원망스러운 눈빛으로 전상용 씨가 아직 머물고 있는 장화림을 한 번 노려본 녀석이 내게 경고를 해왔다.

"사정이 이래서 오늘은 이만 헤어져야 할 거 같네. 조심해라. 너 안 그래도 공성준 의원 사건 때문에 여당 쪽에서 단단히 벼르고 있는데, 잘못하면 그대로 먹힌다?"

"공성준 의원이면……."

"관례인 전관예우도 무시했다며. 너 이 바닥에선 꽤 유명해. 미친개로."

자신이 할 말은 다 했다는 듯 녀석이 손을 흔들며 건물로 들어갔다.

[치, 누가 미친개야! 그나저나 승민 씨, 저대로 둬도 괜찮아?]

"뭐가?"

[아까 그 아저씨, 승민 씨한테 잘해주던데. 저 사람한테 꼬여서 잘못되면 어떡해.]

그럴 양반이었으면, 한 시대를 풍미하지도 못했을걸? 전상용 씨를 걱정하느니 지나가는 개를 걱정하고 말지.

[내가 가서 보고 올까?]

"됐어. 알아서 잘하실 분이니까, 신경 쓰지 마."

[아니야. 혹시 모르니까 내가 가서 보고 올게!]

"야!"

미치겠구만. 이놈이나 저놈이나, 가뜩이나 머리도 복잡한데…….

한숨을 내쉬곤 복순을 말리기 위해 안으로 들어서던 난, 위에서 들려오는 대화 소리에 문고리를 잡은 채 그대로 굳어버리고 말았다.

"미안한데, 승민이 녀석 얼굴 봐서 봐주는 건 거기까지 야, 아가씨."

[당신, 설마, 내가 보여?]

"이런, 이런. 눈까지 마주쳤는데, 이제 와서 이렇게 나오 면 안 되지 않나?"

[내가 이럴 줄 알았어.]

"당신, 생령 맞지?"

[아, 아닌데?]

"사람을 속이려면, 표정 관리는 좀 하는 게 어때? 게다가 승민이 자식이 당신이 귀신이라면 옆에 뒀을 것 같아?"

[진짜 무섭네. 승민 씨랑 있을 때랑 완전 딴판이야. 어떤 게 진짜 모습이야?]

"둘 다."

[뭐?]

"뭘 그런 눈으로 봐? 당신도 똑같지 않나. 하다못해 친구 랑 있을 때랑 부모님과 함께 있을 때를 생각해 봐도 알 수 있을 텐데?"

[다르긴 해도, 당신처럼 가식적이진 않거든?]

"기가 센 아가씨구만. 할배한테 보약을 지어줬다길래 무 슨 일로 왔다 갔나 했었는데, 참 그놈도 일을 몰고 다닌다니까."

[그렇게 잘 아시는 분이 승민 씨 앞에서는 왜 한마디도
안 하셨을까?]

"그러면 당신이 기억을 찾았다는 것도 말해야 하니까. 그
건 당신이 좀 곤란하지 않나?"

지금, 저놈이 뭐라고 한 거지? 그녀가 기억을 찾았다고?

[무슨 헛소리를 하는 거야! 당신이 뭘 안다고!]

"착해 빠진 승민이 녀석이야 당신한테 넙죽 속았겠지만,
나한텐 안 통해. 사람이 얼마나 간사한데. 언제 죽을지도
모르는 시한부 인생인 주제에 그렇게 태연하다고?"

[생령에 대해선 어떻게 알았는지 모르겠지만, 아무것도
모르면서 지껄이지 말아줄래?]

"어떻게 배워서 아는 게 아냐. 나도 생령이 되어 봤었으
니까 알고 있는 거지."


녀석의 예상치 못한 말로 인해, 잠시 정적이 흐르던 계단
에 복순의 싸늘한 목소리가 울려 퍼졌다.

[당신이 생령이 되어봤다고? 웃기고 있네.]

"뭐가 웃기다는 거지?"

[잘 알지도 못하면서 거짓말을 하면 이렇게 들통이 나는
거야. 뭐가 어쩌구 저째?]

"이런… 왜 내 말을 믿지 못하지? 이유라도 있나?"

[들키니까 민망한가 봐? 괜히 말 돌리는 거 보면.]

"녀석한테 하는 꼴을 보면, 내 생각이 맞는데……."

[이보세요. 괜히 딴소리하지 말고, 무안하면 그냥 들어가 보세요. 바쁘시잖아요?]

비꼬는 복순의 말에도 단념을 못했는지, 뭔가 생각났다는 듯 손뼉을 친 녀석이 당연한 말을 해왔다.

"이런, 나를 못 믿는 거였구만."

[잘 아시네. 입만 열면, 거짓인 사람 말을 당신이라면 믿겠어?]

"거짓말을 한 기억은 없는데?"

[아, 그러세요? 그냥 제가 가볼 테니까, 안에서 오붓한 대화나 많이 나누세요~]

"이봐, 아가씨. 간다면야 말리지 않겠지만, 그래도 내 말을 믿는 게 좋지 않을까?"

[개자식아! 사람 가지고 장난치는 것도 정도껏 해! 생령이었던 사람이 자기가 생령이었다고 말할 수 있을 것 같아?]

"왜 못 하지?"

[그건…….]

"당신이 지금 고민하고 있는 것처럼, 몸을 되찾게 되면 기억을 잃게 돼서?"

비웃는 녀석의 말투에 순간, 몸이 움찔됐다.

[하! 지금 다 알면서 그랬던 거야? 승민 씨가 당신을 왜 싫어하는지, 확실히 알 것 같네.]

"나 원 참. 이 멍청한 아가씨야, 아직도 모르겠어? 지금 당신이 몸을 되찾는다고 해도 기억을 잃지 않는다고 말하고 있는 거잖아."

[뭐?]

저 새끼가 지금 뭐라고 한 거지?

"거봐, 놀랄 거면서 괜히 성질은."

[그럴 리가? 분명히 승민 씨가 기억을 잃는다고…… . 당신, 지금 승민 씨한테서 나 떼어놓으려고 수작 부리는 거지?]

"뭐? 웃겨서 말도 안 나오네. 좋아, 그렇다 쳐 봅시다. 그래서 내가 얻는 이득이 뭔데?"

[그거야…… .]

"당신을 떼어놓은 다음에 승민이 녀석을 방해하려 한다고?"

[그렇지……?]

"그게 말이 된다고 생각해?"

[말이 안 되긴! 오늘도 승민 씨 이용하려고 부른 거 보면 충분히 그럴 사람이야, 당신!]

"착각 그만하고 잘 들어. 이런 일 부탁할 사람은 널리고 널렸어. 굳이 녀석한테 부탁을 할 이유가 없다고, 이 아가씨야."

[하! 실컷 도움 받아놓을 땐 언제고, 이제 와서 딴소리야. 그럼 왜 불렀는데?]

"도움이 필요했던 건, 내가 아니라 그놈이었으니까."

[도와주려고 했다고? 당신이 대체 왜?]

"승민이 놈한테 빚을 진 게 좀 있거든."

빚? 저놈이 나한테?

[당신이 승민 씨한테?]

"그래. 안 그랬으면 욕먹을 거 뻔히 알면서 불렀을 리가 없잖아."

스님께서 그 일을 말씀하셨을 리는 없고… 대체 뭐지?

[뭔데?]

"당신은 알 필요 없어. 그나저나 꼬인 날파리까지 떼어주게 되는 걸 보면, 이거 이자까지 쳐서 갚게 됐구만."

[날파리?]

"이제 돌아가야지. 너무 오래 붙어 있는 거 아냐?"

[당신, 지금 나한테 날파리라고 한 거야?]

"그럼, 주제도 모르고 도와준답시고 이렇게 골치만 썩이면서 대체 어떤 소리를 듣고 싶었던 거야? 파트너?"

[지금… 말 다 했어?]

"아니, 할 말은 많지. 당신이 옆에 계속 있어봤자, 승민인 그저 짐이라고 여길걸?"

신랄하게 쏘아붙이던 녀석이 나긋한 목소리로 그녀에게 속삭였다.

"그럴 바엔 몸을 되찾는 편이 낫지 않을까? 기억을 잃는 게 아니라니까?"

[말도 안 돼. 당신을 어떻게 믿어.]

"혹시 승민이 녀석이 말해준 것 때문에 그러는 거면, 안심해도 돼."

[그게 무슨 말이야? 승민 씨가 잘못 알고 있다는 거야?]

"어. 뭐, 그 녀석도 할배한테 그렇게 전해 들었을 테니 당연하겠지."

[할배?]

"음? 모르는 걸 보니, 둘이 같이 갔던 게 아닌가 봐?"

[혹시, 그 할배라는 사람이 부적을 준 사람이야?]

"부적……?"

부적이란 말에 잠시 멈칫한 녀석이 다시 입을 열었다.

"아마 그럴걸. 그렇지 않다면, 당신이나 승민이가 기억을 잃는다고 알고 있을 리 없지."

[그게 무슨 소리야?]

"내가 생령이었다고 했잖아. 그때 몸으로 돌아오고 나서, 할배한테 아무것도 생각이 나지 않는다고 말했었거든."

그럼, 스님께서 봤었다는 생령이 저 녀석이었단 말인가?

[뭐, 자기 할아버지한테 거짓말을 했다고?]

"그런 눈으로 보지 말았으면 하는데? 친할아버지도 아니거든."

그럼 스님께서 친손자도 아닌 이놈을 업어 키운 건가?

[지금 그걸…….]

"장난이야, 이 아가씨야. 그땐 너무 어려서 어떻게 대꾸를 해야 될지 모르겠더라고. 그래서 그렇게 대답한 것뿐이야."

[지금이 장난칠 때야?]

"미안, 놀라는 표정이 일품이라… 놀리는 맛이 쏠쏠해서 나도 모르게 그만."

[뭐, 뭐가 어째!]

"승민이 이 녀석, 이제 보니까 당신이 기억을 찾은 거 알면서도 모른 척한 거 아냐?"

[그 사람이 당신처럼 속물인 줄 알아?]

"그럼 속물은 이만 꺼져줄 테니까, 잘 생각해 봐."

[잠깐! 이씨! 끝까지 지 말만 하고!]

녀석이 떠났는지 '스르륵' 하는 유리문이 바닥에 쓸리는 소리를 들은 난, 화를 내는 그녀를 뒤로한 채 자리를 벗어났다.

"금방 왔네? 민후 녀석, 벌써 전상용 씨랑 이야기 다 마친 거야?"

풀이 죽은 모습으로 다가오던 그녀가 고개를 젓는다.

[아니, 별 이야기 안 하는 것 같아서 그냥 나왔어.]

"그래?"

[응. 근데, 웬일로 안 따라오셨네? 화내면서 바로 달려올 줄 알았는데?]

"이런 일이 한두 번이어야지. 그리고 당신이 말린다고 내 말 듣겠어? 이젠 그냥 그러려니 하는 거지."

[후우.]

"뭐야? 갑자기 웬 한숨이야? 정말 아무 일도 없었던 거 맞아?"

[그, 그럼! 잔뜩 기대하고 들어갔더니 별거 없어서 김새서 그래!]

"알았으니까, 그만 열 내고 어여 가기나 합시다."

[근데 승민 씨.]

"응?"

[그 서민후란 사람······.]

나를 보는 그녀의 눈동자가 흔들리고 있는 게 느껴진다.

지금 그녀는 무슨 생각을 하고 있는 걸까?

"서민후? 그놈은 또 왜?"

[어떤 사람인가 해서.]

"그게 무슨 말이야? 방금 봐놓고선, 어떤 사람이냐
니……."

[아니, 승민 씨가 너무 싫어하는 게 이상하잖아. 왜 그러
나 싶으니까.]

"당신도 오늘 봐서 알 거 아냐? 그 자식이 사람 속 긁는
데 남다른 재주가 있으니까 싫어하는 거지."

[그렇긴 해. 당신한테 하는 거 보면, 진짜 밥맛이더라.]

아까 녀석에게 일방적으로 당한 것이 억울한 모양인지,
차에 오르면서도 그녀의 입은 쉬지를 않았다.

"됐어, 됐어. 생각하는 것도 싫으니까 그 자식 이야기는
이제 그만하자."

[응. 그러지, 뭐. 근데 이제 어디 가는 거야?]

"일단 뭣 좀 나왔는지 확인해야 하니까, 경찰서에 들러
봐야지. 나야 일이니까 상관없지만, 당신은 지루할 것 같은
데, 그냥 집에 내려줄까?"

평소라면 성질을 내며 싫다고 했을 그녀가 오늘은 순순
히 고개를 끄덕인다.

[흐음. 그, 그럴까? 오랜만에 밖에 나왔더니 피곤하네.]

"그래. 괜히 고생하지 말고, 집에서 편히 쉬어."


그녀가 기억을 되찾았을 줄은 꿈에도 몰랐는데, 내가 감쪽같이 속은 건가. 뭐, 무언가를 잃는다는 게 그리 좋은 기분은 아닐 테니, 이해가 안 되는 건 아니지만 서운하긴 하네.

서민후, 그놈이 도움이 될 때도 다 있구만.

"나를 도우려고 했다고? 말도 안 되는 소리. 분명 내가 사건을 해결하면 놈한테도 득이 되는 게 있었을 테지. 어쩌면, 복순이한테 했던 말도 거짓일지도……."

젠장, 작별 인사라도 할 걸 그랬나?

"꼬일 대로 꼬인 상황인데, 내가 누굴 걱정하냐. 사실 꽤 씸씸해야 되는 거잖아. 지 몸 찾아주려고 별짓을 다했구만. 잘됐어."

현관문에 서서 머뭇거리던 그녀의 모습을 머리에서 떨쳐 내려 애쓰며 차에서 내렸다.

띠리리리— 띠리리리—

—여보세요?

"선배, 저예요."

—그래. 갔던 건 잘 해결됐나?

"예, 대충요. 근데, 그 일 때문에 할 말이 좀 있는데, 아직

경찰서 맞죠?"

―그래. 니는 지금 어디고?

"방금 서에 도착했어요. 어디로 가면 돼요?"

―아이다. 할 말이란 게 안에서 할 건 아닐 거 아이가? 정문에서 기다려라. 내가 글로 가께.

"예, 선배."

전화를 끊은 지 얼마나 됐다고, 벌써 유리문 너머로 달려오는 임 선배의 모습이 보였다.

"하… 후배 하나 잘못 둬서 이게 뭔. 고생이고? 닌 선배 잘 만난 줄 알아라."

"천천히 오시죠. 뭘 급한 일이라고 그렇게 달려오셨어요."

"니 목소리 듣고 퍽도 그러겠다. 앙? 아주 기어들어 가더만."

"기어들어 가긴요. 한참 심문 중일 텐데 방해될까 봐 그런 거죠. 어떻게 주 형사는 입 좀 열었어요?"

"어차피 주 형사, 금마는 독 안에 든 쥐 신세야. 마음에도 없는 소리 그만 지껄이고, 뭔 일인지 씨불이기나 해."

아직도 입을 안 열었다라……. 뒷배가 확실하다 이건가?

"역시나 생각대로네요. 아마, 웬만한 방법으론 그 자식 입 열기 힘들 거예요."

"이것 봐라? 니 뭔가 알고 있는 거지?"

"예. 저를 협박한 놈들이 누군지 알게 됐어요."

"너 분명히 개인적인 문제라고 했잖아? 이 새끼가 내 속이고서 겁대가리 없이 혼자서 그놈들 만난 기가!"

"그런 거 아니니까, 흥분하지 마시고 제 얘기부터 들어주세요."

"아니긴 뭐가 아냐? 말투가 딱 발 빼려는 느낌인데."

내가 포기하려 한다고 착각한 선배의 목소리는 점점 더 격앙되어만 갔다.

"그래, 그 새끼들한테 언제부터 협박당한 거야?"

"저번에 받은 편지 쪼가리 말곤 없어요. 지금 안 그래도 머리 터질 것 같은데, 선배까지 이럴 거예요?"

"아, 새끼. 알았다. 알았으니까 인상 좀 펴라. 니가 오늘따라 이상하니까 나도 그런 거 아이가. 아니문 뭔데?"

"사실 아까 그 전화, 대학교 동기 놈이었어요."

"동기면, 법학과?"

"아니요. 어쩌다 알게 된 놈이에요."

"뭐? 그럼 그 인간 만나고 왔단 말인데, 협박한 놈들이 누군진 어떻게 안 거야?"

"그놈이 말해주더라고요."

"우리도 모르는 걸, 대체 뭐 하는 놈인데 그걸 알아?"

"서중원 의원 밑에서 일을 좀 한대요."

"그 말은… 정계에서 니를 협박했다는 기가?"

사태의 심각성 때문인지, 한순간에 임 선배의 표정이 굳어졌다.

"대체 이 사건이 뭐라꼬 그 새끼들이 나서?"

"나설 만하죠. 모르긴 몰라도 목구멍으로 수십 억씩은 처넣었을 테니까요."

"수십억? 미치겠구만… 또 우리가 뭘 놓치고 있었길래! 씨발! 그 새끼들한테 매길 돈이 튀어나와!"

"5년 전부터 시작됐을 거래요. 우리가 막차를 덮친 것 같아요, 선배."

"뭐? 5년 전?"

"네, 제가 듣기로는……."

서민후 녀석에게 들었던 이야기를 하는 내내 선배는 아무런 말이 없었다.

"선배?"

"미안, 너무 어이가 없으니까 그냥 멍~ 하네. 와… 기가 막히구만. 이런 일일 거라곤 생각도 몬 했다."

"저도요."

"그런 놈치곤 말투가 너무 담담한 거 아냐?"

"화낸다고 뭐 달라지나요."

"그렇긴 하지. 뭐 달라질 게 있나. 그라문 그냥 하던 대로 가자. 어차피 이대로 가도 잡힐 놈들 아이가?"

"아뇨, 선배. 좀 더 빨리 진행을 하는 게 나을 것 같아
요."

"응? 왜? 어차피 놈들은 니가 알고 있는 거 눈치채지도
못한 것 같다메? 정치인 놈들이 걸려서 그러는 거면, 이대
로 가는 게 나아. 그래야 니도 안전해."

내 생각이 맞다면… 놈들이 두려워하는 건, 내가 피라미
드 회사라는 걸 눈치채는 게 아니야.

"아무래도 지금까지 이렇게 나온 건 미끼인 것 같아요."

"혹시 주 형사 말하는 기가?"

"주 형사가 잡힌 줄은 놈들은 알지도 못할 걸요."

"그라문… 설마, 그 회사를 말하는 거야?"

"예. 5년 전부터 시작을 했다고 해도, 투자금을 다시 돌
려주는 방식으로 더 큰 돈을 받아 조 단위를 넘게 벌었던
놈들이에요. 그 돈을 하루아침에 다 빼돌린 순 없다고 봐
야죠."

"오히려 시간을 끌고 있던 건 놈들이었단 건가?"

끝물이라던 서민후 녀석 말이 맞다면, 확실해.

"아마 그렇지 않을까요? 수사를 진행하는 걸 알면서도
당당하게 계속 사기를 치고 있는 걸 보면, 아마 저희가 그
쪽에 이목이 쏠렸을 때 해외로 돈을 빼돌릴 시간을 벌려고

하는 것 같아요."

"하긴, 이 정도로 준비가 철저한 놈들이라면, 수사가 들어올 것도 예상하고 일을 벌였을 가능성이 높지."

"선배, 아무래도 이거 누가 빨리 움직이느냐에 따라서 승패가 갈릴 거 같아요."

"정말 역으로 이용한 거면 배짱 하나는 인정해 줘야겠구만. 하… 내 검사 짓하면서 이렇게 범죄자 새끼들한테 개무시당하는 건 또 처음이네."

"몇 년 동안 정계까지 마음대로 주무르던 놈들이 눈에 뵈는 게 있을 리 없죠."

"말이 나와서 말인데, 그쪽은 어떻게 할 끼고?"

"일단, 우두머리로 보이는 조두칠이란 놈부터 잡고 나서 엮어봐야죠. 선배 생각은요?"

"내 생각도 같다. 너한테 협박까지 하면서 안절부절못하는 걸 보면, 그 조두칠이란 놈이 핵심이야. 뇌물 장부라도 하나 찾으면 게임 끝인 기다."

"그럼 결정됐네요. 진행하죠."

"아, 새끼. 뭐 그리 급하노? 기다려 봐라."

"예?"

"내부 첩자는 우짤라고 그렇게 막무가내로 시작하려고 그래?"

"그거야, 그냥 그놈들부터 먼저 잡고 나서 알아내면 되잖아요?"

"지금까지 잘해와 놓고 왜 이래? 와, 참말로. 승민아… 잡자는 기야, 말자는 기야? 지금 시대가 어느 땐데, 전화 한 통이면 그놈들 귀에 다 들어간다, 자식아."

"그렇다고 무작정 놈이 잡힐 때까지 기다리다간 늦을지도 몰라요."

"알지. 그래도 이럴 때일수록 차분해야 된다. 마, 니 동기가 헛똑똑이라고 했다고 했지?"

"그 말은 신경 쓰지 마세요. 지 잘난 맛에 사는 놈이에요."

"아니야. 드러내지 않고 하려는 놈들 중에 배포 큰 놈을 못 봤다. 잘만 노리문 일타쌍피일지도 모르는데, 나 믿고 한번 가볼래?"

"어떻게 하려고요?"

"부장님께 말씀드리자."

"부장님께요?"

"그래. 이 정도 사건이면, 잘만 이야기하면 부장님께서 판을 만들어 주실 끼다."

"만에 하나, 부장님이 첩자라면요?"

"혜에… 지금까지 부장님을 설득할 만한 건덕지가 없어

서 참은 기다. 그 양반이 첩자라도 안 따라올 수가 없어. 이 상황에서 안 해주문 부장님이 첩자라고 말하는 거 말고 더 되겠나?"

*　　　*　　　*

선배를 믿고 따라오긴 했는데… 잘하는 짓인지 모르겠네.

"그래, 무슨 일인데 자네들이 여기까지 찾아온 거야?"

"최 검사가 맡고 있는 사건 때문에 상의를 드릴 게 있어서 결례를 무릅쓰고, 이렇게 댁까지 찾아뵙게 됐습니다."

"최 검사가 맡고 있는 사건? 왜, 무슨 문제라도 있어?"

"사안이 사안인지라, 이 친구 혼자서 해결하기 어려울 것 같습니다."

"뭐? 아직 제대로 단서도 못 잡은 사건 아니었어? 근데 갑자기 해결하기 어렵다니? 어이, 최 검사. 자네 사건이니까 직접 말해봐."

"예, 사실 단서는 이미 잡았었습니다."

"대체 자네들 나 몰래 뭔 짓을 한 거야! 그런 걸 상사인 내가 모르고 있다는 게 지금 말이 되냔 말이야!"

"부장님, 그게… 피치 못할 사정이 있었습니다."

"피치 못할 사정? 어쭙잖은 이유였다간 징계도 각오해야 할 거야."

"예, 부장님. 검찰청 내부에, 아니 정확히 말하면, 저희 형사 3부에 첩자가 있는 것 같습니다."

"첩자?"

첩자라는 말에 놀라고 있는 부장님께 임 선배가 쐐기를 박았다.

"정계까지 관련된 일인지라, 최 검사가 부장님까지 못 믿겠다는 걸 설득하느라 애 꽤나 먹었습니다. 부장님, 저희 힘으론 힘들 것 같습니다. 도와주셨으면 합니다."

이야기를 모두 듣고 생각보다 사태가 심각하다는 걸 깨달은 부장님께서 우리에게 물었다.

"그렇게만 해주면 되나?"

"예, 최 검사가 놈들 위치까지 파악을 해놨으니 첩자만 묶어둔다면 잡는 건 시간문젭니다."

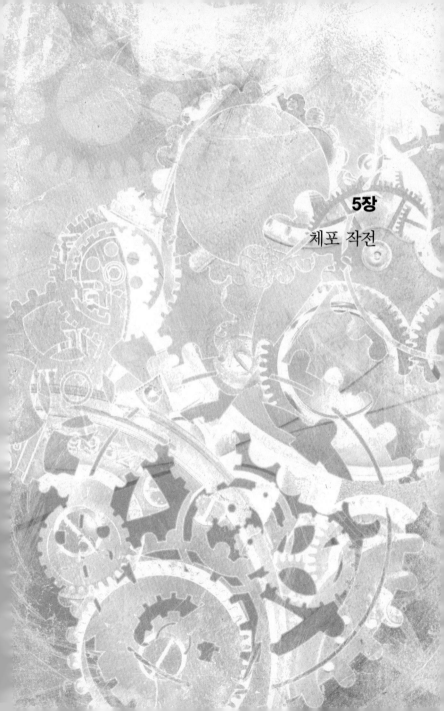

**5장**

체포 작전

조두칠의 체포가 결정된 날이었지만, 수사 3부의 아침 회의는 표면적으론 여느 날과 다름없이 진행되고 있었다.

"그래, 최 검사. 사건은 어떻게 진행은 좀 됐어?"

"예, 부장님. 오늘 범인 일당을 체포하려고 하는데, 괜찮을지 알고 싶습니다."

"으음? 분명 저번 주까진, 갈피도 잘 못 잡는 거 같더니 체포를 한다고?"

"오기가 생겨서 주말까지 반납하고 수사를 했더니, 운이 좀 따랐습니다."

"그래, 잘됐구만. 이따가 수사 진행된 거 한번 가지고 와
봐."

"예, 부장님."

"크흠. 다른 특이사항은 없는 거 같으니, 오늘 회의는 마
치도록 하지."

사전에 약속된 대로 부장님께서 내 주제를 마지막으로
회의를 끝마치자, 하나둘 회의실을 나서기 시작했다. 그리
고 잠시 후, 예상대로 밖이 소란스러워지기 시작했다.

"이 형사, 유 형사! 당신들 이게 뭐 하는 짓이야!"

"김진수 검사님, 당신을 수뢰 후 부정처사 죄로 체포합니
다."

"뭔 죄?"

"김 검사가 돈을 먹었다고?"

"이 새끼들아, 니들 미쳤어? 형사 주제에 감히 누굴 끌고
가려고 그래!"

서울중앙지검 에이스로 정평이 나 있는 김 검사가 점잖
았던 평소의 행색은 어디로 갔는지, 핏대를 높이며 그들에
게 악을 써댔다.

"씨발놈아, 곱게 끌려 가. 새까만 후배 엿 먹인 새끼가 뭐
가 잘났다고 입을 터노?"

임 선배의 싸늘한 목소리에 김 검사가 멍한 표정으로 선

배를 바라봤다.

"너… 지금 뭐라고 했냐?"

"니가 더 잘 알 거 아이가? 주 형사랑 둘이서 승민이 점 마 물 매겨놓고, 또 회의가 끝나자마자, 밖으로 튀어나가서 어디다 그렇게 부리나케 통화질이었는데?"

"무슨 헛소리를 지껄이는 거야! 증거 있어?"

"증거? 이거 니 꺼 맞나? 내가 걸어서 울리나 확인해 보 까?"

김 검사의 손에 들려 있는 핸드폰을 툭툭 두드리며 임 선배가 묻자, 그의 얼굴에서 핏기가 사라졌다.

역시나 대포폰인가?

"야 이 개새끼야. 지금 씨발 존나 참고 있거든. 더 쪽팔 리기 싫으면, 곱게 가자?"

이걸로 놈들한테 연락이 가는 건 막은 건가. 첫 사건이 라고 신경 써 주는 줄 알았던 김 검사가 첩자라… 열 길 물속은 알아도 한 길 사람 속은 모른다더니……

설마, 김 검사가 끌려갈지는 몰랐던 모양인지 다들 충격 에 휩싸인 모습이다. 그중에서도 동기였던 민 검사는 임 선 배의 인솔하에 끌려가는 김 검사에게서 눈을 떼지 못하고 있었다.

"최 검사, 대체 어떻게 된 거야?"

멍하니 서 있던 민 검사가 정신을 차렸는지 내게 물었다.

"죄송합니다, 선배님. 부장님께서 직접 지시하신 일이라 지금은 말씀드리기 곤란합니다."

부장님이 지시한 일이란 말에, 내게 발걸음을 옮기려던 다른 검사들이 목석이 된 것처럼 그대로 멈춰 선다.

"부장님께서 하신 일이라고?"

"예, 선배님. 부장님께 보고드릴 일이 있어서 그런데, 이만 가봐도 되겠습니까?"

"그래… 얼른 가봐. 기다리시겠다."

"예, 그럼 먼저 가보겠습니다."


김 검사나 전 형사는 임 선배가 알아서 처리해 줄 테니, 이제 조두칠이 호송되어 오는 것만 기다리면 되는 건가? 길었던 사건이 이렇게 또 끝나가고 있다. 아니, 요리조리 빠져나갈 정치인 놈들을 상대해야 하니 이제 시작일지도.

"저 돌아왔습니다."

"오셨습니까… 검사님……?"

"수사관님, 이런 장난은 제발 그만하세요. 저도 이제 안 속습니다, 윤정 씨한테 물어보면?"

"죄송합니다, 검사님. 놓쳤습니다."

분한 듯 입술을 깨문 채 말을 잇던 그녀가 끝내 내 앞에서 고개를 떨구었다.

뭔 개소리야? 위치까지 다 알고 있는 마당에 놓치다니?

"장난할 기분 아니라니까요?"

이미 장난이 아니란 건 알고 있다. 하지만 완벽했다고 자신하던 조두칠 체포 작전이 실패로 돌아간 것을 믿을 자신이 내겐 없었다.

"사무실까지 텅 비어 있었습니다."

놈들뿐만 아니라 사무실까지 비어 있었다면, 시간적 여유가 충분했다는 말인데?

"우리 말곤 아무도 몰랐어요. 말이 안 되잖아요? 어떻게 그럴 수 있단 말이에요!"

"제 추측으론 조두칠이가 대구에서 안 움직였던 이유가 이거였던 것 같습니다."

"그게 무슨……."

"첩자가 우리 쪽에만 있던 게 아니었나 봅니다."

"수사관님, 지금 무슨 말씀을 하시는 거예요?"

"검사님… 아시잖습니까……."

이 개자식들… 예상을 했어야 했는데. 내가 너무 급하게 움직인 건가. 전적으로 대구 쪽에 맡길 게 아니라, 이 수사관이나 지민이를 보냈어야 했어.

"그럼, 이젠 놈들이 어디있는지도 모르게 됐네요?"

"그렇긴 해도, 결국 잡히지 않겠습니까? 출국 금지인 데다 전국적으로 수배령이 떨어지면 도망갈 곳이 있겠습니까?"

분위기를 바꾸기 위해 말은 이렇게 하고 있지만, 놈들에게 당한 것이 어지간히도 억울한지 웃고 있는 수사관의 입가가 미세하게 떨리고 있었다.

"하긴, 제깟 놈들이 삼면이 바다인 대한민국에서 도망갈수가 있겠어요? 놈들이 뇌물 장부나 없애지 않았으면 좋겠네요."

"저희가 좀 더 신중했어야 됐는데, 죄송합니다, 검사님."

"아닙니다, 윤정 씨. 저도 이럴 거라곤 생각도 못 했는걸요. 두 분 다, 부장님께 보고드리고 올 동안 잠시 머리나좀 식히고 계세요."

대구까지 작업을 해놨을 줄이야… 씨발. 철두철미하시구만. 개새끼들. 그 머리로 사기나 치고 앉아 있고, 대한민국참 잘 돌아간다.


*　　　　*　　　　*


"실례하겠습니다."

"최 검사, 내가 뭐랬나? 조심하라고 하질 않았어! 왜 놓친 거야?"

안으로 들어서자마자, 날아온 부장님의 불호령에 왠지 모르게 등줄기가 서늘해졌다.

"예? 부장님께서 어떻게 그걸?"

"내 이럴 줄 알았어! 그래서 그렇게 신신당부를 했건만…… 이 사람아, 이제 기회는 없어."

"기회가 없다는 게 무슨 말씀이신지?"

"정계에서 나섰단 말이네. 차장검사가 자네 사건을 형사 2부로 넘기겠다고 찾아왔었네."

그 말을 끝으로 부장님은 내게서 시선을 뗀 채, 가보라는 듯 손을 휘저었다.

"죄송합니다, 부장님."

내가 돌이킬 수 없는 실수를 범하고 만 건가……?

고개를 숙이며 부장실을 나설 때, 들려온 부장님의 나지막한 한숨 소리가 그렇다고 확인을 시켜주는 것만 같다.

차장 검사라니… 그런 지위에 있는 사람이 대체 뭐가 부족하다고?

조두칠을 놓쳤다는 것보다, 형사 3부 에이스였던 김 검사에 이어, 검찰청 내에서 또 한 명의 중추적인 인물이 정계와 손을 잡았다는 것이 더욱 큰 충격으로 다가왔다.

이제 뭘 어떻게 해야 하지? 한시라도 빨리 타개책을 찾아야 했지만, 그저 멍할 뿐이었다.

"뭐라고 말을 해야 하나……."

그런 나의 걱정은 기우로 끝나고 말았다.

"이게 뭐꼬? 첩자가 김진수, 그 새끼라는 거 하나로도 정신이 없는데. 사건까지 뺏겨 부렸네."

"검사님, 진짜 차장검사가 저희 사건을 2부로 넘긴다고 했다고요?"

미심쩍은 이 수사관의 물음에 임 선배가 기어코 폭발했다.

"그렇다니까! 그렇지 않음 바빠 죽겠는데 내가 여길 왜와? 안 봐도 승민이 자식, 지금 부장님한테 엄청 깨지고 있을 기다!"

"놓치긴 했어도 우리 검사님이 잘못한 게 뭐가 있다고, 욕을 먹어야 되는지 모르겠네요."

"그러게 말이야. 똥줄 빠지게 일했더니, 이놈이나 저놈이나 도와주지는 못할망정 같은 편이 돼서 엿을 매기고 앉아 있꼬."

"누가 누굴 엿을 매겨요?"

당사자가 갑자기 문을 열고 들어와 묻자, 말하기 미안했는지 잠시 머뭇거리던 임 선배가 인상을 찌푸리며 말을 마쳤다.

"누구긴 누구야? 니놈아지."

"저요?"

"모르는 척하지 마라. 다 안다. 사건까지 뺏긴 놈이 태연한 척해봐야 다 티 난다, 자식아."

"그렇게 많이 티나요?"

"그래, 인마. 뭐, 괜찮다. 이 상황에서 멀쩡한 게 더 이상한 기다."

"근데, 사건 뺏긴 건 어떻게 아셨어요?"

"부장님께서 임 검사님께 연락하셨습니다."

하 수사관? 임 선배만 온 줄 알았더니, 이번 사건에 관련된 사람들은 다 모여 있구만. 이제야 그걸 깨닫다니, 내가 제정신은 아닌 모양이네.

"그랬군요. 선배야 그렇다 쳐도 한창 바쁘실 텐데, 하 수사관님까지 여긴 어쩐 일이세요?"

"뭐라꼬! 그렇다 쳐?"

"선배님……."

지민이가 임 선배를 만류하는 사이, 하 수사관이 사람 좋은 웃음을 지으며 내게 말했다.

"최 검사님, 낙담하실 줄 알았는데, 농담을 하시는 걸 보니 다행입니다."

"그게 또 그렇게 되나요?"

항상 믿음직하던 그의 미소가 부담으로 다가올 날이 올 줄이야.

"그렇지 않겠습니까. 이럴 때일수록 정신을 똑바로 차려야 하니까요."

"말씀 중에 죄송한데, 검사님께서 저렇게 허세를 부리실 땐 보통 그 반대인 경우가 많습니다."

"이 수사관님, 말씀이 좀 지나치시네요? 허세라니요……."

"하루 이틀 본 사이도 아닌데 왜 이러십니까? 저희 앞에선 그러지 않으셔도 됩니다."

"그래. 이 수사관 말대로 그라지 않아도 된다."

"그럼… 그럴까요? 사실, 정신이 하나도 없어서, 지금 제가 무슨 말을 하고 있는지도 잘 모르겠거든요."

조금 과장되게 두 손을 들자, 산전수전 다 겪었을 하 수사관이 위로하듯 말을 건네왔다.

"미안해하실 필요 없습니다, 검사님. 사실 다들 최 검사님과 비슷한 심정일 겁니다."

"뭐, 점마가 우리보다야 더 하겠지만, 하 수사관님 말대로 정신없는 건 매한가지지."

"그럼, 정신도 추스를 겸 현재 저희가 처한 상황부터 되짚어 보는 게 어떻겠습니까?"

"그게 좋을 것 같네요. 상황부터 제대로 알아야, 해결책도 찾을 수 있을 테니까요."

하 수사관의 말에 동의를 하자, 임 선배도 고개를 끄덕였다.

"지금은 그게 제일 좋을 것 같네. 일단, 검찰청 내에 첩자는 잡아냈어. 문제는 조두칠을 놓친 데다 수사권까지 형사 2부로 넘어갈 판이란 건데……."

"말 그대로 최악이네요. 윤 검사님, 형사 2부로 수사권이 넘어간다면 사실상 한 달 내엔 찾아오는 게 불가능한 거 아닙니까?"

"예, 이 수사관님. 다시 돌려준다고 말할 리가 없을 테니, 법원까지 가면 그 정돈 걸리겠죠. 경우에 따라선, 저희가 질 수도 있구요."

"에이~ 설마 지겠습니까? 일단, 조두칠이 행방부터 알아낸 다음에 수사권을 넘겨받는 쪽으로 가는 게 최선일 것 같은데요?"

그런 문제가 아니야. 우리가 뭔가 놓치고 있는 게 있어. 근데, 그게 뭐지?

"이 수사관, 그렇게 쉬운 문제가 아니야."

"예? 그게 무슨 말씀이십니까?"

"그러다 만에 하나, 조두칠이가 도주에 성공을 하면, 최 검사님의 검사 생명이 위험해."

"하 수사관님, 뭐가 어째요? 갑자기 승민이 검사 생명이
위험하다니요!"

"검사님, 강 검사님 사건 기억 안 나십니까?"

"강 검사 사건이면, 지금 강 선배를 말하고 싶은 겁니
까?"

강 검사? 강 검사가 누군데 선배가 저리 놀라는 거야?

"선배님, 그 강 검사 사건이 대체 뭔데 그러세요?"

"있다, 그런 게……. 정치인 놈들 장난질에 인생이 혹 갔
지. 하 수사관님 생각엔 금마들이 승민이 인마한테 죄를
뒤집어씌울 거란 말입니까?"

"상황이 그렇습니다. 지휘체계를 무시하고 단독으로 나
섰다 일이 틀어지자, 그제야 보고를 하고 결국 실패했다면,
그것보다 좋은 구실은 없지 않겠습니까?"

"하기사, 어차피 구실이야 이게 아니어도 만들면 되는 거
니, 이번 기회에 쳐내려고 하겠군요."

"예, 그리고 차장 검사가 형사 2부 누구한테 맡길진 몰라
도 확실한 건, 저희 편은 아니라는 거겠지요. 어쩌면 수사
가 진행되는 동안에 최 검사님께 화살이 날아올 수 있습니
다."

"제가 강 검사 사건이 어떻게 진행이 된 건진 모르지만,

이렇게 놈들도 엮여 있는 마당인데 정말 그런 식으로 나올까요?"

질문이 던진 이 수사관이 설마 하는 시선으로 고개를 갸웃거리자, 임 선배의 회의적인 대답이 돌아왔다.

"그때도 그랬다. 우리도 설마 그리될 줄 몰랐어. 근데, 여럿이 하나 바보 만드는 건 쉽더라고. 그게 권력을 가진 놈들이라면 말할 것도 없지 않겠나."

"임 검사님, 월권을 하더라도, 김 검사한테서 소재를 파악했다는 명목으로 놈들을 체포하는 게 최선일 것 같습니다."

"그래야죠. 승민아, 걱정 마라. 내가 무슨 수를 써서라도 그렇게 되게 놔두지 않을 끼다."

어깨를 두드리는 임 선배의 위로에도 이대로 가면 어떤 식으로 결과가 나올지 뻔한 싸움이라는 게 느껴졌다.

"벌써부터 믿음이 가는데요?"

"당연하지! 나 임성운이야."

"검사님, 임 검사님 말씀대로 걱정 마십쇼! 어차피 조두칠이야 이 상황에서 할 수 있는 거라곤 숨어 있는 것 말고 없지 않겠습니까? 조사만 하면, 금방 잡힐 겁니다."

아니야. 그렇다면 이 방안을 생각한 하 수사관의 표정이 저렇게 어두울 리가 없어. 느끼고 있는 거겠지. 자신이 말한 게 얼마나 무모한 일인지……

"저… 만약에 임 검사님께서 맡고 계신 첩자 수사 진행까지 형사 2부로 넘어가게 되면, 어떻게 되는 건가요?"

지금껏 한마디도 없이 상황을 지켜보던 윤정 씨가 핵심을 짚어왔다.

"그러면… 물 건너가는 거겠죠?"

"승민아……."

"알아요, 선배. 그러니까 그렇게 되기 전에 선배께서 잡아주세요."

"그래. 알았다. 이러고 있을 시간이 없구만. 하 수사관님, 돌아가서 김진수 그 망할 새끼부터 족쳐보죠."

"예, 알겠습니다. 최 검사님, 곧 좋은 소식 들고 오겠습니다."

"그럼 전, 두 분만 믿고 있겠습니다."


\*      \*      \*


"잘될까요?"

"윤정 씨, 그게 무슨 말이에요. 당연히 잘되길 바라야죠."

분명 위기에 빠진 건 난데, 정작 내 눈치를 살피는 수사관이 안쓰럽게 느껴지는 걸 보면 마음속으론 이미 포기를 하고 있는 걸지도 모르겠다.

"그래요. 윤정 씨, 수사관님 말대로 잘될 겁니다. 그렇게 믿고 조두칠이 행방부터 알아보죠."

"예, 검사님……."

"대구가 거점일 때 알아봤어야 됐는데 말입니다. 전부 다 제 불찰입니다, 검사님."

"에이, 한 사람 잘못일 수 없죠. 다들 놈들이 그렇게 계획적이었을 거라곤 의심도 못했잖아요."

"하긴, 첩자를 심어놓는 식으로 도망칠 구멍을 만들어놓을 거라곤 상상도 하지 못했습니다."

"그러게요. 도망칠……."

잠깐만, 그렇게 오래전부터 도망칠 구멍을 만들어 놓았다면… 그래, 아까 뭔가 이상하다고 생각했는데 이거였어. 단순히 시간을 끄는 것이라면, 차장 검사가 움직여 봤자지, 이곳에 있다면 언젠가 잡힐 테니까. 우리가 모르는, 놈들이 탈출할 확실한 방법이 있었던 게 분명해.

"검사님? 갑자기 왜 그러십니까?"

"수사관님, 이상하지 않아요?"

"예? 뭐가 말입니까?"

"그렇게 계획적인 놈들이 단순히 그곳에서 도망가는 것만 생각한 게 아니라, 어쩌면 국외로 도피할 탈출로를 마련

한 걸지도 모르겠어서 그래요."

"설마, 이미 도주로까지 확보해 놓았을 거라고 생각하시
는 겁니까?"

"예, 윤정 씨. 그게 오히려 아귀가 맞아요. 안 그랬다면
범행 시작부터 대구 쪽으로 잡은 뒤, 한 번도 그 지역에서
움직이지 않을 리 없잖아요."

"이거… 검사님 말씀대로라면, 이미 놈들은 탈출했을 가
능성도 있겠네요."

"예. 최악의 경우엔 충분히 가능한 일이겠죠. 임 선배가
놈들을 잡는 건 애초에 불가능했다고 봐야 하나."

"뭐~ 최악일 경우엔 말이죠."

"예?"

"우리 쪽도 그렇지만, 저쪽도 예상을 못 한 건 마찬가지
아닐까요?"

"수사관님, 예상을 못 하다니요?"

"저희가 오늘 체포를 한다는 거 말입니다. 대구 쪽에서
첩자가 있었을 뿐이지, 김 검사가 저렇게 잡힌 걸 보면 우
리 계획이 사전에 들켰던 건 아니지 않습니까."

"그렇네요. 게다가 수사망이 이미 좁혀진 상황에서 정상
적인 루트로는 탈출을 하지 못하잖아요?"

"그렇죠! 윤정 씨, 제 말이 바로 그겁니다. 검사님, 갑자

기 수사망이 좁혀지면서 그들이 준비한 탈출 수단에 문제
가 생겼을 가능성이 높지 않겠습니까?"

"탈출 수단이 뭔지 대충 감을 잡으신 모양입니다?"

"뭐, 이 상황에선 뻔하지 않겠습니까? 웃으시는 걸 보면
검사님도 아시는 거 같은데요?"

"예, 삼면이 바다라면 하나뿐이죠."

"잘못 탔다간 생명이 위험할 수도 있으니 놈들이라면 안
전하게 준비했을 텐데, 이 정도면 가능성이 있지 않겠습니
까?"

"문제는, 국내에 밀항선이 한두 개가 아니고, 어느 항구
에서 출발할지도 모르는 상황이라는 겁니다."

"사실… 그게 조금 문제가 되긴 하죠?"

조금이 아냐. 이건 임 선배 혼자서 할 수 있는 규모가 아
니야. 협조가 필요한데 그러려면 수사권이 있어야 돼.

알고 있어도 당해야 하다니…….

"결국 수사권이 발목을 잡네요."

나만큼 그녀 역시 분한 모양인지 차분하던 윤정 씨의 목
소리가 떨려온다.

"검사님, 진짜 어떻게 방법이 없을까요?"

실낱같은 기대를 품고 물었을 그녀에게 내가 해줄 수 있
는 건, 고개를 저어 이젠 포기할 때라는 것을 알려주는 것

뿐이었다.

남들 다 있는 백이라도 있었다면 얼마나 좋았을까?

"힘으로 다시 사건을 맡으려면 차장검사보다 높은 지위여야 하는데 그냥 모 아니면 도란 심정으로 대검에다 민원이나 넣어볼까요?"

"수사관님! 그게 지금 검사님 앞에서 할 소리예요!"

실없는 농담에 화가 난 윤정 씨의 불호령에 수사관이 쩔쩔매며 내게 사과를 해왔다.

"죄송합니다, 검사님. 제가 눈치 없이……."

"답답한 마음에 그러셨다는 거 알고 있으니 너무 미안해하지 않으셔도 돼요."

대검… 평소에 뉴스로 심심찮게 접하던 그 이름이 검사가 되고 나서야 얼마나 높은지 알게 됐다. 그런 곳에 라인 하나 없는 일개 평검사인 나 따위가 인맥이 있을 리가…….

"윤정 씨도 수사관님이 분위기를 풀어보려고 농담을 한 거니 이해해 주세요."

"그래도……."

"그리고 영 일리가 없는 말은 아니에요."

"예? 그게 무슨?"

"뭘 그렇게 놀라요? 수사관님 말대로 민원이나 한번 넣어보려는데."

"네?"

"검! 사! 님! 제가 잘못했다니까요. 아무리 상황이 힘들어도 이러시면 정말 큰일 납니다!"

"그렇죠? 그건 좀 오버겠죠?"

"하하하……."

어지간히 놀랐는지 능글맞던 이 수사관이 할 말을 잃고 헛웃음만 내뱉는 꼴을 보니 가끔은 이런 것도 나쁘지 않을 것 같다.

"아무리 그래도 제가 그런 짓을 할까 봐요."

"휴… 정말 검사님을 기절시켜야 되나 말아야 되나, 순간 고민했습니다."

"이거 섭섭한데요. 저는 고맙다고 하려고 했는데."

"저한테요?"

"예, 덕분에 어쩌면 수사권을 제가 갖진 못하더라도, 형사 2부엔 넘겨주지 않아도 될 것 같거든요."

"대체 어떻게 말입니까?"

"대검찰청 중앙수사부 과장검사라면 가능하지 않겠어요?"

"대, 대검 중수부요? 방금 전까지 다 연기셨습니까? 대체 검사님께서 그런 분을 어떻게 아시는 겁니까?"

"연기는요. 저도 지금 수사관님이 대검이라고 하셔서 생각이 났는걸요."

"흐음? 검사님께서 지금 말씀하시는 뉘앙스로 보면, 썩 친한 관계는 아니신 것 같은데요?"

"뭐, 면식 한번 없는 사이니, 틀린 말은 아니네요."

"예에에? 하아… 검사님, 지금 검사님 아버님 동창 분이라고 해도 부탁을 들어줄까 말까입니다……."

"전에 한번 도움을 드린 적이 있는 분이니, 이번에 잘만 말씀드리면 가능할 겁니다 ."

"정말 괜찮으시겠어요? 그리 친분이 있는 사이도 아닌데, 잘못하다간 검사님께 안 좋은 쪽으로 일이 더 틀어질지도 모릅니다."

여기서 더 안 좋아질 순 없다고 생각했는데 아직도 남아 있었나?

"그렇게 융통성 없는 인물은 아니니, 윤정 씨께서 생각하시는 그럴 일은 없을 겁니다."

"그럼, 저희야 믿고 기다리는 수밖에 없겠네요. 뭐, 밑져야 본전 아니겠습니까."

"수사관님."

"윤정 씨, 그런 게 아니라… 다른 방법이 없잖습니까. 검사님을 믿어보자는 거죠."

"두 분, 그만 다투시고 민원 넣으러 다녀올 테니, 예상 도망 경로 좀 파악해 주세요."

"그건 맡겨만 주십시오! 윤정 씨랑 제가 샅샅이 조사해 놓겠습니다."

*　　　*　　　*

사무실 식구들한텐 자신만만하게 이야기를 해놨는데, 왜 이리 떨리나 몰라.

"그 친구는 금방 온다고 했으니까, 많이 피곤할 테니 차나 마시면서 좀 쉬지."

"예, 교수님. 감사합니다. 괜히 제가 못나서 교수님께 폐를 끼치네요."

"에끼! 이 친구야. 잘 찾아왔어. 이럴 때 안 찾아왔으면 섭섭했을 거야."

"감사합니다, 교수님."

"대체 몇 번을 말하는 거야? 알았대두. 그런 말 할 거면 그놈 오기 전에 사건 이야기나 좀 더 말해봐."

"더 해드리고 싶어도 아까 말씀드린 게 전부입니다……."

"연수원 땐 그렇게 당돌하더니, 왜 이리 주눅이 들었어?"

"아무래도 사건 때문에 정신이 없어서 그런가 봅니다."

"그래, 그럴 수도 있지."

띵동. 띵동.

"이거 왔나 보구만. 소개만 해주고 난 빠져 줄 테니, 긴장하지고 말고 나한테 말한다 생각하고, 차분히 잘 이야기해봐."

"예, 교수님."

"그럼 나가지."

교수님을 따라 현관으로 마중을 나가자, 교수님과 몇 마디 이야기를 나눈 강직해 보이는 사내가 내게 악수를 청했다.

"반갑네. 이정철이라고 하네."

"반갑습니다, 선배님. 몇 년 전에 신세를 졌던 최승민이라고 합니다."

"신세는 무슨. 그때, 내가 자네에게 도움을 받았던 게 바른 말이지. 그건 그렇고 언젠가 한번은 만나보고 싶었는데, 이제야 만나게 됐구만."

"예, 그런데 처음 뵙자마자 부탁을 드려야 하는 처지네요. 죄송합니다… 제가 선배님께 실망을 안겨드린 건 아닌지 모르겠습니다."

"아니야. 그런 생각 말게."

"그렇게 생각해 주시다니, 감사합니다."

"허어! 어여 볼일이나 보고 갈 것이지, 남의 집에서 뭔 잡소리들이 이렇게 많아?"

"알았어. 이 친구한테 들어보고 도와줄 수 있는 일이면 도울 테니 괜히 역정 내지 말어."

혀를 끌끌 찬 이정철 검사가 자리에 앉는 모습을 지켜보던 교수님께서 잘해보라는 뜻인지, 나이에 어울리지 않게 윙크를 하곤 방으로 들어가셨다.

"자, 대충은 저 친구한테 들어서 알고 있네만, 그래도 당사자한테 들어야 확실하겠지. 조 단위 규모의 사기 사건이라고 하던데 사실인가?"

"예, 선배님. 저도 처음엔 피해자가 한 명이어서 단순한 사기인 줄 알았는데, 투자금을 받아 다른 투자자에게 다시 돌려주는 방식으로 몇 년 전부터 진행을 해왔던 것 같습니다."

"허? 아무리 그래도 그 정도 규모면 피해자가 상당할 텐데 놈들이 어떻게 유혹을 한 건가?"

"그게, 전국 각지에서 유명 탤런트까지 섭외해 홍보를 하니, 피해자들도 의심을 풀었던 것 같습니다."

"그런 놈들이 검찰청 내에 첩자까지 심어놨다?"

"예, 저는 저희 쪽에만 있는 줄 알았는데, 대구까지 심어놨을 줄은……."

"허, 허. 기가 차는구만. 근데 정계까지 연류가 되어 있다는 건 무슨 말인가?"

"예. 이번 체포가 실패하고 곧바로 차장검사가 나서서, 사건을 저희 부서에서 타 부서로 옮겼습니다."

"그것만 가지고 정계가 나섰다고 보는 건 이상하지 않나?"

"그게… 실은 정계 인사 중에서 저희 쪽으로 첩보를 줬었습니다."

첩보라는 말은 들은 이정철 검사의 눈빛이 순간 날카롭게 빛났다.

"첩보? 그자는 믿을 만한 자가 확실한가?"

"예. 비밀을 보장해 달라고 해서 실명을 거론할 순 없지만, 이번 사기 사건의 전말에 대해서 알게 된 것도 다 그자 덕분입니다."

"그래? 그렇다면, 자네가 내게 부탁할 건 뻔하구만. 수사권 때문인가?"

"예, 선배님. 제가 추측한 바로는 놈들이 곧 국내를 탈출할 것 같습니다. 어쩌면 탈출했을지도 모르구요. 이 상태라면, 타 부서에서 시간만 끌어도 다시는 잡을 수 없을지도 모릅니다. 반드시 수사권을 되찾아야 합니다."

"승민 군, 조급한 건 알겠네만, 천천히 알아듣게 말을 해주게. 대체 어떻게 탈출을 한단 말이고, 어떤 것을 이용할 거란 말인가?"

"죄송합니다, 선배님. 사안이 사안인지라, 제가 그만 흥분을 했던 모양입니다. 제 예상으론 아마도 놈들은 밀항을 할 것 같습니다."

"밀항?"

단어 하나도 놓치지 않으려는지, 밀항에 대해 설명을 하는 동안, 이정철 검사는 눈 한 번 깜빡이지 않았다. 이윽고 모든 이야기를 들은 그가 입을 열었다.

"자네 말이 사실이라면, 이대로라면 영영 놓치고 말겠구만. 충분히 한 번 시도를 해볼 만해."

된 건가? 그가 움직여 주는 건가.

"하나, 서울중앙지검 차장검사라면, 윗선에도 줄이 있을 거네. 내가 그에게서 수사권을 뺏는 건 힘들어."

"예? 그럼……."

"이거, 이거. 검사가 그렇게 쉽게 포기하면 쓰나?"

"뺏는 것 말고 다른 방법이라도 있으신 겁니까?"

"한 가지 정도 있긴 하네. 자네에게 오기 전에 아무래도 차장검사쯤 되는 양반이 수사가 진행 중인 사건을 중도에 옮긴 게 이상해서 누구인지 알아봤더니 고성진 영감이더만."

"그게 왜 중요한지 잘 모르겠습니다."

"허허. 자네, 주변의 상황을 살펴보는 안목을 좀 길러야겠어. 고성진 이 양반이랑 여당의 정두순 의원이 사돈 지간이지 않은가. 이거야, 원. 표정을 보니 정말 몰랐나 보구만……."

"예, 전 꿈에도 몰랐습니다."

"차장검사 정도 되는 양반이면 잃을 것도 많아서, 쉽사리 이런 자리엔 끼질 않아. 집안사람 때문에 원치 않게 움직였을 가능성이 높지."

"그걸 이용하시려는 겁니까?"

"맞네. 오늘 밤에 내가 정두순을 이번 사건과 연류시킬 것일세."

"사건을 공표하시겠다는 말씀이십니까?"

"그래, 정두순에 대해서 뇌물 혐의로 수사를 진행한다고 움직이면, 감찰부가 서울중앙지검을 덮칠 걸세."

감찰부라니? 오기 전부터 그쪽과 말을 맞췄던 건가?

"감찰부요? 감찰부가 움직여 주기로 한 겁니까?"

"아직은 아니네. 그쪽은 내가 알아서 설득할 테니, 자네는 걱정 안 해도 되네."

"선배님께서 하시려는 게, 감찰부를 이용해서 수사권을 옮기지 못하게 막겠다는 말씀이십니까?"

"이 친구, 이제야 말이 좀 통하는구만. 정두순이 사기 사건과 연류되어 있다는 혐의로 수사가 진행되고 있는데, 같은 날 동시에 감찰부가 사돈이 차장검사로 있는 중앙지검을 덮쳤다면 정계 놈들, 아마 분명 뭔가 알아냈다고 생각하고 지레 겁을 먹겠지. 그때가 기횔세."

이 사람, 허점을 찌르는 방법을 확실하게 알고 있어. 이게 경험의 차이인가?

"정계를 무시하고 수사를 진행하면 질질 끌려다닐 뿐이야. 자네도 이번에 확실히 알았지 않나?"

"예, 선배님 말씀대로 몸에 사무치게 느꼈습니다."

"그럼 되돌려 줄 때도 됐겠군."

"아무리 선배님이시라도 위험하실 텐데 괜찮으시겠습니까?"

"자네가 걱정해야 할 건 내가 아니라, 시간이야."

"조두칠 때문이군요."

"그것도 그거지만, 이번 작전이 성공해도 자네가 수사권을 행사할 수 있는 시간은 길어야 3일이네. 천하의 대검 감찰부라고 해도, 내가 뇌물 혐의에 대한 증거를 찾지 못했다는 게 밝혀지면 놈들이 본색을 드러낼 걸세."

"길어야 3일입니까?"

"뭐, 오늘까지 포함을 해야 되니, 실제론 하루나 이틀이

네. 가능하겠나? 이건 사실 나로서도 위험성이 큰 도박이
야, 자신 없다면 지금 말하게."

어차피 더 이상 물러설 곳도 없어.

"해보겠습니다, 선배님. 잘 부탁드립니다."

"그래. 그래야 이 이정철이가 인정한 후배님이지. 이제 정
계는 내가 맡을 테니, 어디 마음껏 활개 쳐봐."

안 그래도 미친개한테 물리면 약도 없다는 걸 보여줄 참
입니다.


*　　　　*　　　　*


"어떻게 되셨습니까, 검사님? 검사님! 예?"

들어서자마자, 어깨를 흔들어대면 대체 어떻게 이야기를
하라는 건지……

"수사관님, 진정하… 세… 요. 이걸 봐야 말을… 해도 할
거 아닙니까?"

"아, 죄송합니다. 근데 이거 어째 입가에 걸린 미소가 사
라지지를 않습니다, 검사님?"

"눈치가 너무 빨라도 세상 사는 재미를 하나 놓치는 겁
니다, 수사관님. 윤정 씨까지 김이 팍 샌 거 안 보이세요?"

"초조한 것보단 이게 그래도 나은걸요. 잘되셨다니 축하

드려요."

"예, 감사합니다. 근데 아직 기뻐하긴 일러요."

"이거야 원, 이번 사건은 뭐 하나 한 번에 되는 게 없습니다?"

"그러게 말입니다."

"대체 또 무슨 문제가 있는 겁니까?"

"오늘 20시경에 대검에서 이번 사건을 공표하면서 정두순을 뇌물 혐의로 조사할 겁니다. 그렇게 되면 서울중앙지검으로 감찰부가 움직여 차장검사의 움직임을 묶어둘 거구요. 이 작전이 성공해야만 저희가 수사권을 행사할 시간이 생길 겁니다."

"일이 틀어지면 끝이란 말씀이네요."

"예, 지금은 잘되길 비는 수밖엔 방법이 없습니다."

"검사님, 감찰부 쪽에서 수사권을 움직이지 못하게 하려는 건 알겠는데, 정두순의 뇌물 혐의를 이유로 차장검사의 움직임을 묶을 수 있다는 게 저는 좀 이해가 안 되는데요?"

"차장검사와 정두순이 사돈지간이라면 이유는 충분하지 않을까요?"

"둘이 사돈이라고요?"

"예, 윤정 씨. 저도 오늘에서야 알았습니다. 그래서 말인데… 저희 쪽에서도 작전을 좀 짜야 될 것 같습니다."

"작전이라니요? 검사님, 조두칠을 잡는 것 말고 또 달리 할 일이 있습니까?"

"예. 잘만 되면 조두칠 일당과 관련자들을 일망타진할 수 있을 겁니다."

"이거 벌써부터 구미가 당기는데요? 어떻게 하실 생각이 십니까?"

"그건 임 선배 일행이 도착하면 아시게 될 겁니다."

임 선배 일행이 도착한 후, 시작된 조두칠 체포를 위한 작전회의가 마무리되어 갈 무렵, TV에서 원하던 소식이 흘러나왔다.


[오늘 20시 경, 대검은 투자 회사라는 명목으로 6조원 이상의 사기를 벌인 조두칠 일당이 현재 도주 중이며, 여당의 정두순 의원이 그 사기와 관련이 있는 것으로 파악하고 수사에 나설 것이라고 공표했습니다.]


"검사님, 시작됐나 봅니다."

"예. 그럼 슬슬 우리도 준비하죠. 선배, 그럼 부탁드려요."

"알았다. 내일 그렇게만 해주면 되는 기가?"

"예, 선배."


대검에서 정두순의 수사를 시작한 다음 날, 곧 감찰부가 움직일 거란 소식을 접한 서울중앙지검에선 아침부터 각 부서별 대책 회의가 열렸다.

"위에서 내려온 지시 사항이니 다들 숙지하게. 아, 최 검사."

"예, 부장님."

"조두칠 사건은 자네가 좀 더 담당하라는 지시가 내려왔네."

"그건 형사 2부에서 맡기로 하지 않았습니까?"

"원래 그럴 예정이었는데, 차장검사님께서 이런 시기에 옮겼다가 괜히 감찰부에게 책잡힐 수도 있으니, 조심하는 게 나을 것 같다고 하시더군. 그러니 그렇게 알고 있게."

"예, 알겠습니다."

"감찰이 끝날 때까지만 임시로 맡고 있는 거니, 괜한 행동은 하지 말게."

"예, 명심하겠습니다."

"그래. 그럼 모두들 감찰 기간 동안 괜히 문제가 될 만한 일은 만들지 말고. 혹여나, 문제가 생겼을 경우엔 나한테 즉시 보고하도록. 이상."

회의가 끝나자, 감찰부가 오는 것을 알지 못하는 동료 검사들은 서둘러 회의실을 빠져나가기 시작했다. 그런 그들을 지켜보던 임 선배가 내게 물었다.

"승민아, 부장님께서도 알고 계신 기가?"

방금 전, 부장님께서 내게 경고를 한 것이 마음에 걸린 모양이다.

"예, 선배. 어제 말씀드렸으니까 제가 부탁한 대로만 움직여 주시면 돼요."

"알겠다. 그건 걱정 말고, 여기서 부산까지 가려면 바쁠 텐데, 어여 가봐."

드디어 시작인가.

띠리리— 띠리리—

—예, 검사님. 말씀하시죠.

"수사관님, 잘 해결됐습니다. 윤정 씨께 그렇게 전해 주시고, 주차장으로 바로 내려오세요."

—알겠습니다. 그럼 거기서 뵙겠습니다.

전화를 끊고 서둘러 주차장으로 향하자, 멀리서 수사관의 모습이 보였다.

"한시가 급하니, 어서 출발하죠."

"예, 검사님. 타시죠."

수사관과 함께 차를 타고 서울 시내를 벗어날 때 즈음,

시계는 부장님께서 차장에게 보고를 하기로 약속한 시간을 가리키고 있었다.

슬슬 차장 귀에 들어갔으려나? 모르긴 몰라도 똥줄깨나 타시겠어.

"검사님, 해경이 인천과 부산 쪽 항구에서 수색을 시작했답니다."

"그래요? 뭔가 단서라도 나왔답니까?"

"우리를 그렇게 고생시킨 놈이 이제 막 수색을 시작했는데, 잡혀 버리면 그것도 재미없지 않겠습니까?"

"그렇긴 하죠. 근데, 이미 한국을 떴으면 어떡하죠?"

"에이… 불안하게 왜 그런 말씀을 하십니까……."

찝찝한 얼굴로 창문을 연 수사관이 갑자기 창밖으로 침을 뱉었다.

"이걸로 액땜했으니, 그런 일은 없을 겁니다."

"의외네요. 수사관님은 전혀 그런 걸 믿지 않을 것 같았는데."

"오늘부터 믿어보려구요."

"예?"

"그 망할 새끼를 잡는 게, 그만큼 간절하단 뜻입니다."

이 수사관의 액땜이 통한 것일까? 부산에 거의 도착했을 무렵, 희소식이 들려왔다.

"예, 서울중앙지검 검사 최승민입니다."

―안녕하십니까, 최 검사님. 처음 뵙겠습니다. 부산 다대 포항 수색을 맡은 부산 지방 해양경찰청 소속 윤성무 경감이라고 합니다.

"예, 안녕하십니까. 뭔가 단서라도 나왔습니까?"

―예, 다대포항 인근 어선 중에서 밀항을 위해 개조된 선박을 발견한 후, 선장을 체포해 심문한 결과, 밀항을 시도하려던 남성의 인상착의가 조두칠과 일치합니다.

"그 말씀은 조두칠은 체포하지 못했단 말씀이십니까?"

―예, 저희가 도착했을 땐 이미 이곳에 없었습니다.

"그럼, 배 안에 뭐 다른 것들은 없었나요?

―밀항선으로 개조된 것 이외에는 별다른 증거를 찾을 수 없었습니다. 다만, 선장의 증언에 따르면 오늘 아침까진 분명 이곳에 있었다고 했습니다.

"오늘 아침이요?"

―예. 낌새를 눈치채고 다른 곳으로 장소를 옮긴 게 아닌가 싶습니다.

"알겠습니다. 일단 제가 그곳으로 가도록 하지요."

―그럼 도착하시면 연락주십시오.

한 번도 아니고, 두 번이나 낌새를 눈치채고서 도주를

했다?

"어떻게 됐습니까, 검사님?"

"오늘 아침까지 있었다는데, 밀항선에서 빠져나와 도주를 했다나 봐요."

"그거 다행이네요."

"예, 수사관님이 한 액땜이 통했나 봅니다. 아직 한국에 있으니 말입니다. 부산 일대는 경찰에 맡기고 일단, 저흰 다대포항으로 이동하죠."

*      *      *

"안녕하십니까. 검사님, 오시느라 수고 많으셨습니다."

"저보단 오늘 오전부터 수색을 진행하신 경감님께서 수고하셨지요. 이렇게 적극적으로 협조해 주셔서 감사합니다."

"아닙니다. 당연히 도와드려야죠. 저쪽에 저 파란색 어선이 조두칠이가 있었던 밀항선입니다."

"아, 저거예요? 생각보다 그렇게 크진 않네요."

"예, 대형 화물선을 이용하는 경우도 있지만, 소형선으로 빠르게 이동해서 중간에 다른 배로 갈아타는 경우가 더 많습니다."

"방법도 가지가지네요……."

"그렇죠. 사실 저희도 그것 때문에 골머리 좀 썩고 있습니다. 그럼, 어서 보러 가시죠."

"사실 검사님께선 배를 보러 온 게 아닙니다. 경감님, 혹시 이 근처에 낚싯배가 다니는 섬이 몇 군데나 되나요?"

"섬이요? 갑자기 섬은 왜……?"

당연히 밀항선을 본 다음 선장을 취조할 것이라 생각했던 모양인지, 경감이 난처한 얼굴로 되물었다.

"죄송합니다. 저희 수사관이 너무 단도직입적으로 물어본 것 같네요. 조두칠이가 섬으로 도망을 쳤다고 가정을 하면, 어디가 가장 유력할 것 같습니까?"

"아! 무슨 말인지 알겠습니다. 지금 바로 인원을 보내겠습니다."

해경이 섬들을 수색한 지 2시간 정도 지났을까? 연락을 받은 경감이 통화를 마치자마자, 근처에 정박해 있는 경비선으로 우릴 안내했다.

"혹시 두 분, 뱃멀미가 심하시진 않죠?"

"예, 저는 괜찮습니다. 수사관님은요?"

"멀미가 뭐죠? 태어나서 멀미란 걸 해본 적이 없는 접니다. 걱정하실 걸 걱정하셔야죠."

"혹시나 멀미가 심하진 않을까 걱정했는데, 다행입니다."

*            *            *

차라리 말을 말지 그랬냐, 이 양반아……

"우우웨엑."

또다시 들려오는 수사관의 토악질 소리를 들으니 이젠 내가 다 부끄러워진다.

"수사관님, 거의 다 도착했다니까, 좀만 참으세요."

"벌써 도착이랍니까?"

"예, 저기 보이시죠?"

경감이 멀리 보이는 거대한 섬을 가리키자, 그제야 수사관이 안도의 한숨을 내쉰다.

"검사님, 진짜 제가 오늘 속이 안 좋아서 그런 겁니다. 아시죠?"

"예, 잘 알죠."

상사한테 부축을 받으면서 뚫린 입이라고……. 경감의 들썩거리는 어깨만큼이나 바다에 던져 버리고 싶은 욕망도 커져만 간다.

섬에 내렸을 때, 멀미로 인해 핼쑥해진 수사관보다 더 초췌한 몰골의 남자를 보지 못했다면 정말 그러지 않았을까.

꼴랑 이틀 사이에, 사람이 이렇게 변할 수도 있구나.

"검사님……."

"예, 알고 있습니다. 자, 조두칠의 신병을 인계하러 가볼까요."

＊　　　＊　　　＊

"수고했어. 설마 고성진 영감까지 이렇게 완벽하게 엮을 줄은 몰랐네."

"감사합니다. 모두 선배님 덕분입니다."

"이거 자네도 사람을 참 민망하게 하는 재주가 있구만."

빈 술잔을 한번 매만진 이정철 검사가 머쓱하게 웃으며 내게 물었다.

"그런데 대체 어떻게 안 건가? 고성진 영감이 그렇게 나올 거란 건."

"반대로 생각을 해봤습니다."

"반대로?"

"고성진 영감이 사돈인 정두순에 의해서 어쩔 수 없이 나선 게 아니라, 처음부터 이 사건에 개입이 되어 있는 게 아닐까 하고요. 그랬더니, 모든 게 아귀가 맞더군요."

"아귀가 맞았다?"

"곰곰이 생각해 보니, 첩자로 밝혀진 김진수 검사가 서울중앙지검에서 에이스라고 불리고 있지만, 그래봐야 정계 쪽에서 본다면 아직 풋내 나는 애송이에 불과하죠. 그런 자가 누군가에 의해 명령을 받으면 모를까, 정계 쪽에 직접적인 연줄을 가지고 있다고 생각되지가 않더군요."

"결국 차장검사의 명령을 받았단 거로군."

"예."

"그래서 감찰부를 하루 늦게 움직이게 해달라고 했던 것이었어. 함정을 만들려고 말이야."

이제야 이해가 된다는 듯 미소를 지은 그가 천천히 잔에 술을 따르더니 내게 건넸다.

"자, 한잔하게. 내일부턴 또 바빠질 테니, 오늘 아니면 당분간 마시지도 못할 거 아닌가."

"감사히 마시겠습니다."

목으로 넘어가는 양주 특유의 화끈한 감촉을 느끼자, 검사 생명마저 위협했던 이틀 동안의 기억들이 점점 생생해져 갔다.

"그러지 마시고 좀 알려주십시오~"

그래, 어제도 언제나처럼 수사관은 잠시도 궁금한 걸 참지 못했었고…….


"조금만 참으세요. 임 선배 오면, 또 이야기해야 된다니까요."

그때, 문을 열며 선배가 들어왔었다.

"급하다고 해서 와봤더니 농땡이나 치고 있으면서 뭘 내가 오면 이야기하노?"

"오셨어요, 선배?"

"그래. 왔다, 자식아. 오늘내일하는 놈이 뭐가 좋다고 실실 쪼개? 지민이 저 가스나 표정 안 보이나? 니깟 것도 선배라고 저리 걱정한다."

"선배님… 제가 언제요……."

"얼씨구 뭘 이제 와서 부끄러워해쌌노? 승민아, 난 쟤가 내 선임인 줄 알았다. 뭘 옆에서 그리 쫑알쫑알 대는지. 안 그래요, 하 수사관님?"

"제가 보기엔, 임 검사님도 만만치 않으셨는데요. 최 검사님, 임 검사님께서 아까……."

"후, 이제 대충 진정된 것 같으니까 본론으로 들어가죠."

"본론? 니 뭔가 해결책이라도 찾았나?"

"예, 선배. 내일, 조두칠이 끝장이 나든 제가 끝장이 나든 결판이 날 것 같아요."

"말했지. 내가 있는 한, 니가 끝장날 일은 없다. 그래, 조두칠이 금마 박살 낼라문, 어떻게 해주면 되노?"

항상 급하던 선배의 성격이 그때만큼은 마음에 쏙 들었

었다.

"그럼, 다들 모였으니 시작해 보죠. 내일 수사권이 넘어오면, 즉시 조두칠이 체포 작전을 재개할 겁니다."

"잠깐만, 승민아. 수사권이 넘어온다는 건 방금 들어서 알겠는데, 어디 있는지 어떻게 알고 체포를 한다는 거야?"

"그건, 이제 선배가 제게 알려줘야죠."

"내가?"

그때, 어처구니없다는 눈빛으로 나를 보던 선배의 얼굴이 아직도 선하다.

"예, 선배. 김진수 검사의 대포폰을 좀 이용해 주세요."

"대포폰? 지금 나랑 장난하나? 전화라도 걸어서 물어보라는……."

화를 내려던 선배는 통화를 하는 상대가 누구인지 몰라도, 번호로 위치 파악은 가능하다는 걸 깨닫고는 의미심장한 미소를 지었다.

"마이 컸네, 우리 승민이~ 그런 생각을 다 하고. 그래, 그건 내가 알아보께."

"예, 가능한 한 오늘 중에 알아봐주셨으면 해요."

"그건 왜?"

"상대가 오히려 역이용할 수도 있다는 생각이 들어서요. 대포폰의 위치와 가장 가까운 3지역과 아예 동떨어진 지역

한 곳을 정해서 수색하는 게 좋을 것 같아요."

"그래, 알았다. 하 수사관님."

"예, 검사님. 바로 진행하겠습니다."

하 수사관이 자리를 떠난 뒤, 계속 설명을 하려던 내게 지민이 물었다.

"선배님, 근데 대포폰을 바꿨거나 버렸으면 어떡하죠?"

"대구에 대포폰이 있는 게 아니라면, 그럴 가능성은 적다고 봐야겠지. 뭐, 대구나 그 근교에 위치해 있는 것으로 파악이 되면, 그땐 모든 항구를 이 잡듯이 뒤지는 것 말곤 방법이 없겠지만……. 아마도 내 생각엔 연락을 계속 주고받을 가능성이 높다고 봐. 밀항을 하려면 도움이 필요할 테니까."

"하긴, 조력 없이 밀항을 하는 게 쉽지 않다고 아버지께 들었던 건 같긴 해요."

"아마도 그렇겠지. 더군다나, 미리 다른 대포폰을 준비했던 거라면 모를까, 탈출을 하는 상황에서 대포폰을 구하는 건 무리라고 봐야지."

"예, 그렇겠네요. 선배님의 예상대로 위치만 파악된다면 잡는 건 어렵지 않겠어요."

"일단, 어떻게 될지 모르니 하 수사관님이 돌아오실 때까지 다른 방법을 생각해 보는 것도 나쁘진 않을 것 같아. 다들, 좋은 의견 있으신가요?"

그렇게 우리가 다른 방법에 대해서 토론을 벌이고 있을 때, 부산에 조두칠이 위치해 있다는 기쁜 소식과 함께 하수사관이 돌아왔다.

"흐음, 부산이라……. 그새 멀리도 갔구만."

"다행이죠. 덕분에 시간을 절약할 수 있으니까요."

"그렇긴 하다. 그래, 그라문 수색 범위는 부산 근처로 정하면 되겠네."

"예, 선배. 회의 끝나면 제가 부장님께 보고드릴게요. 선배께선 아까 말씀드린 대로 혹시 연막일 수도 있으니, 인천 쪽을 맡아주세요."

"그래, 그렇게 할게."

"지민이, 넌 울산인데, 괜찮지?"

"예, 선배님. 근데 제가 잘할 수 있을지 모르겠어요."

"일단은 해경 쪽에서 알아서 수색할 거니까, 너무 걱정하지 마."

"예……."

남해 쪽에서 근무를 하시는 지민의 아버지라면, 분명 밀항에 대한 경험도 많지 않을까? 지민과 대화를 하는 동안 그런 생각이 스치고 지나갔다.

"그러고 보니까, 지민아."

"예?"

"너희 아버님께서 검찰사무관이시라고 했던가?"

"예, 선배님."

"어디서 근무하시길래, 밀항에 대해서 말씀해 주신 거야?"

"아, 전라도에서 근무하셔요."

"그러면 남해 쪽?"

"예. 근데 그건 갑자기 왜요?"

"어쩌면 이번에도 도주를 할지도 모르니, 미리 예상 도주로도 세워놓으려고 하는데, 아버님께 조언이라도 받아볼까 해서."

"승민이, 너 말이 좀 이상하다?"

임 선배의 말을 들은 이 수사관이 고개를 끄덕이며 그에게 동조했다.

"그러게 말입니다, 임 검사님. 우리 검사님께서 마치 조두칠이가 도주할 것처럼 말씀을 하시네요."

"맞아요. 제 생각엔 아마 이번에도 잡지 못할 거라고 봐요."

"음? 잘 나가다가 갑자기 찬물을 끼얹노! 못 잡는다니?"

"차장검사를 엮으려면, 그 수밖에 없더라고요."

"차장검사? 그 말은 니 차장검사가 조두칠이한테 연락을 할 꺼라고 보는 기가?"

"예. 정두순과 차장검사가 사돈인 이 마당에, 김진수 검사가 직접적으로 정계와 연관이 있다고 보기엔 뭔가 이상하지 않아요?"

"흐음, 따지고 보니까, 차장검사 라인에 김진수 검사가 속해 있었다고 보는 게 맞을지도 모르겠네요."

"수사관님, 제 생각이 그겁니다."

"차장검사가 단순히 수사권을 막아달라는 요청을 받은 게 아니다라……. 그라믄 일이 틀어지잖아. 니 말대로 오늘 감찰부가 들이닥치면 저쪽도 예상을 할 끼다."

"감찰부는 움직이지 않을 거예요. 그러면 어차피 제게 수사권이 없으니, 저쪽도 안심을 하겠죠."

"흐음, 수배령은 이미 떨어진 상태라 상대도 굳이 무리하진 않을 거다?"

"예, 감찰부가 들이닥치면 그땐 달라지겠지만요. 분명히 차장검사가 연락을 할 겁니다. 그땔 대비해서 미리 도주로를 파악해 놓는 게 중요할 것 같아요. 지민아, 아버지께 들은 것 없니?"

"글쎄요… 아! 밀항은 아닌데, 범죄자가 근처의 섬으로 도주했단 이야기는 들었던 것 같아요."

"섬?"

"예, 선배님."

"섬으로 간다고? 어차피 다 뒤질 텐데, 거기로 가 봤자지? 안 그렇나, 승민아?"

"예, 그렇긴 하죠."

"그게 일반적인 섬이 아니라, 낚시를 하기 위한……."

결국 지민이 아버지의 경험이 조두칠이를 잡는 데 결정적이었지. 안 그랬으면, 그런 곳에 생필품만 가지고 숨어 있을 거란 생각은 꿈에도 하지 못했을 테니.


"최 검사, 뭘 그렇게 골똘히 생각하나?"

"아… 죄송합니다, 선배님."

"아니야, 힘든 사건을 해결했으니 그럴 만도 하지. 내가 자네였어도 그랬을 거네."

"이해해 주셔서 감사합니다."

괜찮다는 듯 어깨를 두드려준 그가 술을 한 모금 홀짝이며 물었다.

"그래, 근데 뭘 그리 고심한 게야?"

사건에 대해 되짚고 있었다고 말할까 했지만, 그러면 이야기가 길어질 것 같아 화제를 돌렸다.

"실은… 이번 사건에 연루된 저희 쪽 검사들 때문에 그랬습니다."

"그랬나? 이끌어 줘야 할 선배란 작자들이 그런 짓이나 벌였으니……. 자네도 참, 머리가 복잡하겠구만. 어째 이건 하나도 바뀐 게 없어. 높은 곳을 원한다면 실력을 쌓을 것이지, 인맥이니 라인이니 하면서 편한 것만 찾으려 들고 말이야. 자넨 부디 실력부터 쌓고, 그다음에 인맥을 찾든가 하게나."

"예, 선배님. 명심하겠습니다."

그가 웃는 걸 보면, 내 대답이 만족스러웠던 걸까?

"이런 이야기가 나와서 말인데, 자넨 꿈이 뭔가?"

"예?"

"뭘 그리 놀라나? 검사로서 말이야. 이대로 평검사만 하다 끝나고 싶진 않을 거 아닌가?"

아니, 이렇게 묻는 걸 보면, 나를 시험하고 싶은 걸지도 모르겠다.

"내가 자네 나이 땐 검찰총장이 되겠단 포부를 가졌었네만. 자넨 어떤가?"

"전 딱히 잘 모르겠습니다. 그냥 이대로 살다가, 은퇴를 하는 것도 나쁘진 않을 듯싶습니다."

"뭐? 아니, 젊은 사람이 그렇게 꿈이 없어서 쓰나? 혹시 이번 사건 때문에 그러는 겐가?"

"아니요. 라인이다 뭐다, 그런 게 그냥 제 성격에 안 맞는 것 같습니다."

"지금은 그런 생각이 들겠지만, 한번 고민해 보게. 내가 봤을 땐, 자넨 그렇게 머물기엔 너무 아까워."

"좋게 평가해 주셔서 감사합니다만, 제가 그런 깜냥이 될까 모르겠습니다."

그저 겸손해 보이려고 이런 말을 한 건 아니다. 줄이라면, 이젠 정말 신물이 난다.

만년 과장으로 있던 것도, 나보다 늦게 들어온 후배 녀석이 먼저 진급해 상사가 됐던 것도 모두 그놈의 줄 때문에 생겼던 일이니······.

이젠, 정말 그런 것 신경 쓰지 않고 평범하게 살고 싶다.

"이거 괜히 내가 자네 머리를 더 복잡하게 만든 것 같구만. 자, 자, 일단 오늘은 이만하고 술이나 마십세."

"예, 선배님. 제가 한잔 따라드리겠습니다."

\*　　　　\*　　　　\*

어제, 이정철 검사와 대체 얼마나 마신 거지? 택시를 탄 것까진 기억이 나는데, 그 뒤론 아무것도 생각이 나질 않네······.

"하··· 그나저나 아무렇지도 않을 줄 알았는데, 그새 미운 정이라도 든 건가?"

분명 '뭐야, 또 술이야? 대체 술을 먹으러 가는 건지, 범
죄자를 잡으러 가는 건지 모르겠네?'라고 소파에 누워 얄
밉게 빈정댔을 녀석이 그리워질 줄이야.

밀려오는 숙취 탓일까, 오늘따라 괜히 휑한 소파가 자꾸
눈에 밟혔다.


"검사님, 그래도 다행입니다."

"그러게요, 하늘이 도왔네요. 중국 쪽에서 하루만 더 일
찍 연락했다면 하마터면 큰일 날 뻔했습니다."

"예, 놈들이 다른 번호로 연락이 오면 밀항은 실패한 거
니, 돈이나 빼돌리란 약속을 한 게 악수로 작용했네요."

"뭐, 우리한테는 다행이죠. 덕분에 조두칠이가 애지중지
하면서 대포폰을 가지고 있었으니까요."

"그럼, 이제 빼돌린 돈이 어디 있는지 찾는 게 관건이네
요."

"예, 어떻게든 찾아야죠."

"이거야 원, 참……. 연루된 국회의원 계좌 뒤지랴, 돈 찾
으랴. 어떻게 조두칠이를 잡기 전보다 잡고 나서 일이 더
많아졌습니다……."

"어쩔 수 있나요? 사건이 워낙 크다 보니까 그렇죠."

"이 정도면 특별 팀이라도 구성해서 일손이라도 더 늘려 줘야 하는 거 아닙니까? 검사님께서 부장검사님께 잘 말씀 좀……."

"원래 인력이 부족한 걸 그런다고 되나요? 끝나면 회식 한번 할 테니까, 며칠만 참아 보세요."

푸념을 늘어놓던 이 수사관을 달래고 잠시 한숨 돌리고 있었다.

그때, TV에서 [민도당 소속 강도준 의원 사망]이란 속보 가 흘러나왔다.

[강 의원은 목과 복부를 흉기로 수차례 찔려 살해당한 것으로 알려져 충격을 주고 있습니다. 한편…….]

국회의원 살인 사건이라… 또 한 번 들썩이겠구만.

"뭐 하노?"

갑자기 옆에서 들려오는 소리에 깜짝 놀라 고개를 돌려 보니, 언제 왔는지 임 선배가 서 있었다.

"속보라고 해서 뭔 일인가, 잠깐 보고 있었어요. 근데 바쁘실 텐데, 어쩐 일이세요?"

"니랑 오랜만에 밥이나 한 끼 묵을라 그랬지. 근데 이 시 간에 뭔 속보고?"

[…수사를 진행하고 있는 경찰은 이번 사건을 원한 관계 에 의한 살인으로 보고 수사를 진행하고 있는데요. 그 이

유는 강 의원의 손……]

잠시 TV로 눈길을 돌린 선배가 인상을 찌푸렸다.

"살인 사건? 됐다, 그쪽에서 알아서 잘할 끼다. 우리 쪽 관할도 아닌데, 밥맛 더 떨어지기 전에 그만 밥이나 묵으러 가자."

"알았어요. 알았으니까, 그만 좀 미세요."

"그니까 얼른 인나."

"근데, 뭐 드시게요?"

"글쎄다. 가는 김에 메뉴나 정해보자."

"메뉴라고 해봐야 몇 개나 된다고요."

"그런가? 그럼, 그냥 국밥이나 먹자."


＊　　　　　＊　　　　　＊


"아, 배부르고, 등 따시고. 커피나 한잔하문 천국이 따로 없겠구만……."

"그럼, 먹으러 가죠."

"오~ 니가 쏘는 기가?"

"사건도 도와주셨는데, 당연히 제가 쏴야죠."

지이잉― 지이잉―

"잠시만요, 선배."

음? 영선이 누나가 나한테 무슨 일이지?

"뭐꼬? 검찰청에서 온 기가?"

"아뇨, 아는 누나예요."

"그래? 그럼 얼른 받고 커피나 한잔하러 가자."

선배의 재촉에 통화 버튼을 누르자, 영선이 누나가 밝게
인사를 건네왔다.

"안녕하세요, 누나."

―응, 잘 지냈어?

"예, 누나. 저야 뭐 잘 지내죠. 누나는요?"

―힘들어~ 이럴 줄 알았으면… 안 했을 텐데.

"그러게, 대형 로펌에서 연락 왔을 때, 들어가지 그러셨어
요."

―이럴 줄 알았나? 그래도 보람은 있으니, 참고 하는 거
지.

"전 그만둔다고 연락한 줄 알았는데, 그건 아니라니 다행
이네요."

―아무리 연수원 동기라지만, 동생인 너한테 그런 걸로
전화를 하겠어? 부탁할 일이 있으니까 한 거지.

그것도 보통 동생한텐 안 하지 않나…….

"부탁이요?"

―응. 뭐 이상한 건 아니니까, 걱정하지 마.

"알죠. 설마 누나가 저한테 그러겠어요? 뭔 일인데요?"

국선 변호사인 누나가 내게 부탁이라… 왠지 쉬운 일은 아닐 것 같은데?

**6장**

불행

　─응, 이번에 상담을 받았는데, 니가 그 사건 좀 담당해
줬으면 해서.

　"그런 건, 이제 1년차인 저보다 더 경험이 많은 분께 맡
기는 게 낫지 않아요?"

　─뭐야? 우리 막냉이 방송 타더니 많이 건방져졌다?

　"봤어요?"

　'설마?' 하며 물어봤지만 역시나였다.

　─당연히 봤지. 수영이한테 너 나온 거 봤냐고 연락도
왔는걸~

"하하하… 제발, 못 본 걸로 하고 잊어주세요."

―에이～ 어떻게 그래～ 뭐야, 부끄러워서 그런 거야? 그럴 필요 없어. 국내 최대 규모의 사기 사건을 해결하신 분이 그렇게 소심해서 되겠어?

부끄러운 게 아니라, 쪽팔려서 그렇다, 인간아…….

"말 한마디 안 하고 서 있기만 했으니 그렇죠."

―히히히, 하긴 난 처음에 너만 합성인 줄 알았다, 야～

안 그래도 수사관한테 '검사님～ 전 검사님 대신 마네킹을 세워놓은 줄 알았습니다～'라고 오전 내내 놀림을 당했구만.

"방송 얘긴 그만하죠……."

―알았어. 그 대신 부탁 들어주는 거다?

"누나, 죄송한데, 제가 귀찮거나 그런 게 아니라, 누나가 부탁을 하는 걸 보면 분명히 쉽지 않을 일일 텐데, 제가 혹시라도 실수를 할까 봐 그래요."

―당연히 니 맘 알지. 정말 믿을 만한 사람이 필요해서 그래. 그리고 니 실력이라면 누구보다도 잘 아니까 부탁하는 거야. 승민아, 정말 안 돼?

"알았어요. 대신, 너무 기대하진 마세요?"

―웅! 승민아, 고마워～

얼마나 급했으면 누나가 이렇게 나오시나…….

"에휴, 누나, 안 어울리니까 그만하시고, 무슨 사건인지나 말씀해 주세요······."

―헤헤, 티 났어?

"예, 누나가 그러는 걸 연수원 생활 하면서도 본 적이 없는걸요."

―나도 너 방송 때처럼 그러는 거 본 적 없어.

"누나······."

―알았어. 어떻게 말을 해줘야 하나. 그러니까 한 달 전에 한 남자가 법률 상담을 받으러 왔는데, 내부 고발을 하고 싶다는 거야.

"내부 고발이요?"

―어.

"내부 고발이면, 분명 비리일 텐데. 혹시 금융 쪽이에요?"

―나도 내부 고발을 하고 싶다는 것 말고는 몰라. 끝까지 말을 안 해주더라고.

"누나, 이거··· 맡기엔 너무 수상한데요?"

"나도 처음엔 수상하다고 생각했는데, 그런 거 있잖아, 이거 보통 일은 아닐 거라는 감이랄까?

"감이요?"

―웅, 매일 찾아와서 법원까지 가면 승소할 수 있냐, 여

태까지 판결은 어땠냐, 이런 걸 묻더라고.

"그러면서도 무슨 일인지는 알려주지 않았다는 거예요?"

—어, 오늘까진 그랬어.

음? 오늘까지면… 결국 알려줬다는 건데. 누나도 참, 뭘 이렇게 빙빙 돌려서 말을 하시나.

"그럼, 입을 열었다는 거네요?"

—아니, 약속은 받아냈어.

"누나답지 않게 대체 뭔데 자꾸 말을 돌리세요?"

—히히. 실은… 니가 그 사건을 담당해 주는 게 조건이야.

"네? 그 사람이 저를 어떻게 알고요?"

—어떻게 알긴… 국회의원까지 관련된 사기 사건을 해결한 너라면 믿겠다던데?

…망할 놈의 방송.

—미안.

"미안할 짓을 왜 하셨을까나……?"

—무슨 일인지는 몰라도, 내부 고발을 생각했을 정도면 큰 결심을 한 걸 텐데, 도와주고 싶어서 그랬어. 니가 이해 좀 해주라.

"알았어요. 일단 만나 볼게요. 들어 보고, 제 생각과 다른 일이면 그땐 누나가 이해해 주세요."

―응, 그런 거라면 나도 사양이야. 무리한 부탁이라 걱정했는데, 고마워.

"아니에요. 나중에 밥이나 한번 사줘요."

―그래, 그럼 잘 좀 부탁해.

내부 고발이라……. 사건이 승소를 해도 고발자가 잘되는 꼴은 못 봤는데……

"뭐꼬, 내부 고발? 아는 누님이 뭐 비리라도 발견한 기가?"

"아니요. 연수원 동기인데, 법률 상담 받은 사람이 내부 고발을 하고 싶다나 봐요."

"그래서?"

"맡겠다고 했죠, 뭐."

"니 지금 사건 때메 할 일도 태산인데, 뭐 한다고 그런 짓을 해?"

"검사가 범죄를 그냥 지나치면 안 되잖아요. 차라리 조금 힘들고 말죠."

"지랄하네. 나중에 힘들다고 도와달라 하문 주기뻔다. 지민이한테 부탁하다 걸리면 알제?"

"걱정 마세요. 그럴 일 없게 잘할게요."

"니 한 입으로 두말하지 마라? 그럼, 꼬피 마시러 가보까."

에휴, 인간아. 커피는 무슨, 카페 사장이 보고 싶은 거면서.

"어머, 혹시 오늘 뉴스에 나오지 않으셨어요?"

그녀의 입가에 맺힌 미소가 비웃음으로 보이는 건 착각이겠지.

"아… 예, 맞습니다."

"맞구나. 낯이 익어서 혹시나 했는데, 젊으신 분이 대단하시네요. 그런 큰 사건도 해결하시고."

지인 말고는 알아보는 사람이 없을 줄 알았는데, 선배 때문에 하도 눈도장을 찍어서 그런가?

"아닙니다. 운 좋게 해결하게 된 것뿐입니다."

"에이~ 너무 겸손하시네. 근데 자주 오셔서 무슨 일을 하시나 했더니, 검사셨구나."

"예, 근처에서 근무하고 있습니다."

"근처면… 서울중앙지검 맞죠?"

"예, 맞습니다."

"제가 여태까지 높으신 분을 몰라뵀었네요~"

"높긴요, 그냥 공무원인데요."

"크흠……."

카페 사장과의 대화를 듣던 임 선배가 헛기침을 하는 것을 본 그녀가 내게 물었다.

"맨날 두 분이서 같이 다니시던데, 이분은 오늘 뉴스에 안 나오시더라고요……. 혹시 검사님 부하 직원이세요?"

"아, 아닙니다. 제 직속 선배님이세요. 이번 사건도 선배님이 도와주시지 않았다면, 해결하지 못했을 겁니다."

"아… 죄송해요. 제가 실례를 했네요. 죄송합니다."

"뭐, 그러실 수도 있쥬……. 저는 괜찮습니다."

이마에 핏대가 섰으면서 괜찮긴. 그리고 '쥬'는 뭐야, 대체?


"우리 승민 씨, 좋으시겠어요? 방송 타시니까 선배를 부하로 부리고?"

카페를 나서자마자 당장이라도 심술보가 터질 것 같은 선배를 보니 웃음만 나온다.

"뭘 그리 쪼개? 싸장이 말 걸어주니까 그렇게 좋노? 앙? 애인도 있는 놈이 그게 뭐 하는 기고!"

"아휴, 선배. 아직도 모르겠어요?"

"잘나신 최 검사님께선 뭘 아는지 모르겠지만, 지는 모르겠네요. 어디 말씀이나 해보시죠?"

"선배한테 관심이 있으니까, 사장님이 괜히 저한테 말을 건 거잖아요."

"앙? 그게 참말이가?"

"당연하죠. 그리고 맨날 선배가 주문받고 커피도 가지고 가시니까, 부하라고 오해한 거 아니겠어요?"

"그런가……."

아휴, 이 단순한 양반아. 그러긴 뭘 그러겠어. 그래도 노력이 가상하니 도움은 줘야겠지.

"그러니까 제 말대로 한번 만나자고 말이라도 꺼내 봐요."

"그게, 모르겠다. 왜 입이 안 떨어지지……?"

"그럼, 쪽지라도 써서 주세요. 혹시 알아요, 귀엽게 봐줄지?"

"그럴까?"

당연하지. 나중에 후회하는 것보다야 뭔들 해보는 게 낫지 않겠어요, 선배.

*  *  *

원치 않던 방송 출연으로 인해 지인들 사이에서 '마네킹'이란 별명으로 홍역을 치른 지 3일이 지났다.

조두칠, 이 망할 자식. 잡히고 나서도 사람을 이렇게 괴롭히나.

아마도 '서울중앙지검 검사 최, 최… 승민입니다……'라고 방송 당시의 어눌한 내 말투를 따라 하며 놀리던 예슬의 모습은 아마 평생 뇌리에 남을 것 같다.

"검사님, 요새 기운이 없으십니다. 무슨 안 좋은 일이라도 있으십니까?"

내가 이렇게 되는 데 혁혁한 공을 세우신 일등 공신께서 그걸 지금 말이라고 하는 건지.

"아니에요. 오늘따라 괜히 마음이 싱숭생숭해서 그런 거니 걱정하지 않으셔도 됩니다."

"좋은 약이 하나 있는데, 오늘 저녁에 드시러 가시겠습니까?"

"됐습니다. 어제도 먹었는데, 저랑 안 맞나 봐요. 약발이 하루를 못 넘기네요."

"그게, 한 번에 딱 드는 게 아니라, 좀 더 복용을 하시면……."

"됐다니까요. 제 걱정 마시고 업무에 집중해 주세요."

"옙. 나중에라도 생각나시면 언제든지 말씀만 해주십쇼~"

술자리를 가질 생각에 들떠 있던 수사관이 아쉽다는 듯 입맛을 다시며 자리로 향했다.

역시 머리가 복잡할 땐 바쁜 게 최고지.

"윤정 씨, 조두칠이와 관련해서 중국 쪽에 협조 부탁한 건 어떻게 됐죠?"

"예, 아직까진 소식이 없습니다. 조두칠에게 알아낸 정보를 보내 놨으니 곧 연락이 올 것 같습니다."

"그래요? 이거 빨리 놈들을 잡아야 돈의 출처를 알 수 있을 텐데 말입니다."

"그러게요. 모른다고 계속 잡아떼기만 하니……."

띠리리— 띠리리—

"일단 전화부터 받으세요."

"여보세요. 예, 알겠습니다."

걸려온 전화를 받은 윤정 씨가 고개를 갸웃하며 내게 물었다.

"검사님, 혹시 염성훈 씨와 만나기로 약속하셨습니까?"

"예? 염성훈 씨요? 아뇨? 처음 들어보는 이름인데요? 아마 다른 분과 착각하신 것 같네요."

"그렇습니까? 잠시만요. 죄송하지만, 저희 검사님께선 만나기로 하신 적이 없으시다고……. 예, 예. 잠시만요. 검사님, 이분께서 내부 고발이라고 말씀드리면 아실 거라고 하시는데요?"

"아… 그분이셨구나. 누군지 알 것 같습니다. 제가 직접 받겠습니다."

수화기를 들고 인사를 건네자, 잔뜩 주눅 든 남성의 목소리가 들려왔다.

—예, 안녕하십니까. 그… 주영선 변호사님 말씀을 듣고 연락드리게 됐습니다. 혹시 지금 통화 가능하신지요?

"예, 물론이죠. 근데 지금 만나 뵙는 건 어려울까요?"

—왜 그러시는지……?

"다름이 아니라, 통화상으로 말하는 것보다, 직접 제가 염성훈 씨께서 가지고 계신 내부 고발에 대한 증거 자료라든지, 혹 다른 자료들을 검토해 보면서 말씀을 드리는 게 나을 것 같아서요. 불편하시면, 안 그러셔도 괜찮습니다."

—예, 어차피 말씀드리려고 한 일이니, 만나 뵙죠. 그편이 나을 것 같습니다.

"알겠습니다. 그럼 약속 장소는 어디로 할까요? 말씀해 주시면 제가 찾아뵙겠습니다."

—이런 일은 처음이라… 그냥 검사님께서 정하시는 곳으로 제가 가겠습니다.

"지금 서울에 계시죠?"

—예, 맞습니다.

"그럼, 일단 국립중앙도서관 앞에서 만나기로 하죠."

—예, 거기서 뵙겠습니다.

그렇게 통화를 마치자, 역시나 냄새를 맡은 수사관이 총

알처럼 달려온다.

"검사님, 무슨 일이십니까? 내부 고발이라니요?"

"변호사로 일하시는 누님께서 부탁을 한 건데, 저도 만나봐야 무슨 일인지 알 것 같습니다."

"그럼, 얼른 다녀오셔야죠~"

으이구, 화상아… 일을 그렇게 해봐라.

"예, 그럼 다녀와서 말씀드리겠습니다."


도서관 앞에 도착하자, 왜소한 체격의 30대 중반으로 보이는 남성이 핸드폰을 두 손으로 부여잡은 채 연신 주위를 두리번거리고 있었다.

저 남자인가?

"안녕하십니까? 혹시 염성훈 씨 맞으신가요?"

"예, 안녕하세요."

"만나서 반갑습니다. 방금 통화했던 서울중앙지검 검사 최승민이라고 합니다."

"반갑습니다. 염성훈이라고 합니다."

"그럼, 자리부터 옮길까요?"


\*           \*           \*

근처의 공원 벤치에 앉아 10분 정도 기다리자, 드디어 그가 입을 열었다.

"사실, 고민을 많이 했습니다. 일이 잘못되면 직장에서 잘릴 테고, 내부 고발을 한 저를 받아줄 곳이 없을지도 모르니까요. 하지만 기부 단체를 운영하는 자들이 그런 짓을 하게 내버려 둬선 안 된다고 생각했습니다."

"기부 단체요?"

"예, OO재단이라고, 이쪽에선 나름 명망이 있는 단체입니다. 검사님께서 들어보셨을지는 모르겠습니다."

염성훈 씨의 말에 망치로 머리를 세게 맞은 것처럼 정신이 멍해졌다.

"OO재단이요……?"

"알고 계십니까?"

여태껏 후원을 해왔던 곳을 내가 모를 리가 있나…….


검은색의 사무용 가방에서 아마도 OO재단과 관련된 자료가 들어 있을, 서류 봉투를 꺼내던 성훈 씨가 의외란 얼굴로 이쪽을 바라본다.

"예, 근데 제가 아는 곳이 맞는지는 성훈 씨가 들고 계신 서류를 확인해 봐야 알 수 있을 것 같네요."

"아… 죄송합니다."

"아닙니다, 제가 사과를 드려야죠. 처음 겪는 일이시라 긴장하고 계실 텐데, 제가 마음만 앞서서 실례를 했네요."

내 말을 들은 그가 괜찮다는 듯 손사래를 치며, 부들부들 떨리는 손으로 잡고 있던 서류 봉투를 건네왔다.

"여기 있습니다."

"그럼 잠시 확인 좀 해보겠습니다."

"예, 그러시죠."

회사의 연혁부터 시작해서 알아보기 쉽게 정리가 된 서류를 보던 내 미간엔 어느새 깊은 주름이 파여 있었다. 하지만 어쩌면 그건 당연한 일일지도 모른다. 만약 내가 혼자 이것을 보았다면, 화를 참지 못하고 당장 집어 던졌을 게 분명했으니까.

"저, 검사님, 뭔가 문제라도……."

아무 말 없이 인상을 쓴 채, 한참 동안 서류만을 보던 내가 그의 눈엔 그렇게 보였나 보다.

"아닙니다. 그런데 자료는 이게 전부인가요?"

"예, 그렇습니다만. 왜 그러십니까? 혹시 이것만으론 부족한 것인지요?"

"그런 건 아닙니다. 염성훈 씨께서 아주 잘 정리를 해놓으셔서, 놈들을 엮기엔 충분할 것 같습니다. 다만……."

말끝을 흐리는 내 행동에 안도하던 그의 얼굴이 다시 굳어져갔다.

"다만?"

"아무래도 이 사건, 제가 맡지 못할 것 같습니다."

"네? 그게 무슨… 방금 전까지만 해도 놈들을 엮을 수 있다고 하시지 않았습니까!"

"염성훈 씨, 일단 진정하시고, 제 말부터 들어 보시죠."

"지금 이 상황에서 진정을 하라고? 말이 되는 소리를 하세요! 당신 같으면 그럴 수 있겠어!"

악을 쓰던 그는 이내 불신 가득한 눈으로 잠시 나를 노려보더니, 뭔가 알겠다는 듯 고개를 끄덕이며 거칠게 내 손에서 서류를 잡아챘다.

"국회의원까지 관련된 사건을 해결했다길래 다를 줄 알았더니, 이제 보니 똑같구만. 믿었던 내가 등신이지."

"염성훈 씨, 사건을 포기하려는 게 아닙니다."

변명 따윈 듣지 않겠다는 듯 내게서 점점 멀어져 가던 그가 이어진 내 말에 놀랐는지, 멈칫하며 발걸음을 멈추었다.

"제가 이번 사건의 피해자이기 때문에 나서지 못한다는 겁니다."

"지금… 뭐라고 하셨습니까?"

"길어질 것 같은데, 일단 다시 앉아서 이야기를 하는 게 어떨까요?"

잠시 후, 내가 ○○재단의 오랜 후원자였다는 사실을 알게 된 염성훈 씨가 고개를 숙이며 사죄를 해왔다.

"죄송합니다. 괜히 제가 오해를 해서……"

"아닙니다. 저야말로 정황부터 설명을 해드려야 했는걸요."

"근데, 그 선배라는 분은 정말 믿을 만한가요?"

"예, 이번에 뉴스에 나왔던 그 사건도 임 선배가 많이 도와줬었습니다. 그러니 그 부분은 걱정하지 않으셔도 됩니다."

"하긴, 이런 말씀을 드리는 것도 우습네요. 저보다 검사님께서 더 벼르고 있으실 텐데 말입니다."

이제야 안심이 된 듯 농담을 건네는 그에게 억지웃음을 지어 보여야 했다.

"자신들이 검사한테 사기를 친 걸 알면, 아마 땅을 치고 후회하지 않을까요? 그래 봐야 그땐 늦었겠지만요."

＊　　　　＊　　　　＊

염성훈 씨와 헤어진 후 검찰청으로 향하는 내내, 입가엔 쓴웃음만이 맴돌고 있었다.

"기막힌 우연이라……."

자신이 사건을 의뢰하려던 검사가 실은 피해자였으니, 그런 생각을 할 만하지. 아직도 믿을 수 없다는 듯, 눈을 동그랗게 뜨고 쳐다보던 그의 눈빛이 생생하다.

"우연은 무슨, 올 것이 온 거겠지."

사실 땅을 치고 후회해야 하는 건 나일지도.


"니 오기 전까진 여기만큼 편한 곳이 없었는데, 이젠 저 문만 봐도 징글~ 징글하다. 마, 또 뭔데?"

고요하기만 한 검찰청 옥상에 임 선배의 짜증 섞인 목소리가 울려 퍼졌다.

"선배, 죄송한데……."

"됐다. 죄송할 거면 그냥 말하지 마라."

말을 채 끝내기도 전에 선배는 문 쪽으로 향하기 시작했다.

"선배, 무슨 일인지 궁금하지도 않으세요?"

"안 궁금하니까 후딱 손 치아라. 어디 선배 어깨에 손을 올리노?"

"그러지 말고 좀 도와주세요."

"하… 무슨 말 할지, 내가 맞혀 보까? 아까 점심 먹을 때, 내부 비리인가 뭔가 했던 그거 맞제?"

민망함에 머리를 긁적이자, 선배가 한숨을 내쉬며 내 어깨를 잡아왔다.

"승민아… 너 때메 내가 미쳐 뿔겠다. 그러게, 아까 몇 번을 말했노? 응? 이번엔 절대 안 도와줄 끼다! 그라고 아까 말했지? 지민이한테도 도와달라고 하면 돼진다?"

"선배."

"목소리 깔지 마라."

"부탁드려요."

"대체 싫다고 몇 번을 말해야 알아들을래?"

"선배만큼 저도 이러기 싫어요. 근데, 제가 피해자인데 어쩝니까……."

"피해자가 불쌍하긴… 너, 지금 뭐라고 했어?"

한순간 바뀐 선배의 눈빛을 보자, 입이 떨어지지 않는다.

"말해봐라! 뭐라꼬?"

"피해자라고요."

"푸하! 내 살다 살다 아이고… 그래요~ 우리 승민 씨~ 무슨 사건 때문에 서울지검을 방문하게 되었습니꺼?"

"사기를 당한 것 같습니다, 임 검사님."

"사기요~? 그래요? 어쩌나 큰일이셨겠네~ 자, 자, 여기서 이라지 말고, 우리 싸무실로~ 퍼뜩 가 볼까여?"

"임 선배……."

"예, 승민 씨. 말씀해 보세요."

"맡아주시는 거죠?"

"고건 일단 들어봐야 알 것 같은데요."

새로운 장난감을 선물받은 아이처럼 들뜬 선배를 보니, 내가 잘하고 있는지 의문이 든다…….


"뭐, 재단 비리라꼬? 인마, 니가 그런 데 어떻게 연루가 된 건데?"

"그곳에 후원금을 좀 냈었어요."

"집 살 돈도 없단 놈이 잘도 그런 데 돈을 쓰셨구만. 그래, 얼마나 했는데?"

"그게… 전부 합치면 3억이 조금 넘어가요."

"뭐, 뭐… 어~ 억? 내가 지금 잘못 들은 거 아니지? 3억이라 칸 거 맞나?"

"예, 선배."

"승민아… ○○재단인가 뭐시기 하는 곳이 아니라, 맘 같아선 니부터 조사를 해보고 싶다. 이제 검사 초임인 놈이 무슨 돈이 있다꼬 3억이 넘는 돈을 기부를 해쌌노? 엉?"

"실은 주식으로 돈 좀 만졌어요."

"지금 나랑 장난빠나? 3억이 똥강아지 이름이가? 응? 돈 좀 만졌다고 혹 갖다 받치고 그럴 돈이냐고, 새꺄!"

"선배, 그건 넘어가 주시면 안 되나요?"

"니가 나라문 그러겠나? 수갑 채우기 전에 확실히 말해라."

*         *         *

"하… 내가 한국의 우랜 버펫을 못 알아보고 있었었네예. 제가 이번 달엔 뭘 사면 좋겠습니까?"

"선배, 지금 장난칠 기분 아니에요."

"알았다, 자슥아. 내도 섭섭해서 장난 좀 친 기다."

"그 점은 정말 죄송해요, 선배."

"뭐, 니 성격에 일부러 그랬겠노? 괜히 이상한 일에 엮이기 싫어서 그런 거겠지. 괜찮다."

"이해해 주시니 다행이네요."

"것보다 이제 뭔 사건인지 한번 털어놔 봐."

"그럼, 일단 내려가죠."

옥상에서 내려와 임 선배의 사무실에 도착하자, 임 선배 사무실 식구들이 인사를 건넸다.

"안녕하십니까, 최 검사님."

"예. 안녕하세요, 하 수사관님."

"이번엔 또 무슨 일로 두 분께서 밀담을 하셨습니까?"

그가 묘한 웃음을 짓고 있는 걸 보면, 아마도 조두칠 사건 때의 앙금이 아직 남아 있는 것 같다.

"에이, 밀담은요. 선배께 제가 개인적으로 부탁받은 사건에 대해서 조언을 좀 구했을 뿐입니다."

"그럼, 저도 좀 알아도 괜찮겠습니까?"

"그러시죠."

"대체 무슨 일입니까?"

"내부 고발 사건이에요."

"내부 고발이요?"

"예, 고발자의 말에 따르면, 기부 단체 임원들이 자체 기금과 후원금을 횡령한 것 같아요."

"예? 기부 단체에서요? 미친 거 아닙니까."

"그러게요. 해선 안 될 일이란 게 있는데 말입니다."

"무슨 일인진 몰라도, 저도 최선을 다해 도와드리겠습니다."

"그럴 필요 없어요, 하 수사관님."

"예? 검사님, 그게 무슨 말씀이십니까?"

"그 사건, 승민이 점마가 아니라, 우리가 맡을 겁니다."

"우리가요?"

"사정이 있어서 그렇게 됐습니다. 송구스럽지만, 잘 부탁드립니다."

"저야 괜찮습니다만……. 임 검사님, 아까 저희에게 하신 말씀과 다르십니다."

"하 수사관님, 수사관님도 제 얘기를 듣고 나면, 그런 말씀 못 하실 겁니다."

젠장, 당사자를 앞에 두고 희희낙락거리는 꼴을 보고 있어야 하다니…….

"최 검사님께서 피해자란 말씀이십니까?"

"예, 못난 후배 덕에 하 수사관님까지 고생을 시키게 돼서, 뭐라 말씀드려야 될지 모르겠네요. 검사 망신을 혼자 다 시키고 있으니, 원."

그때, 타이밍 좋게 문을 열고 들어온 지민이 불안한 눈빛으로 우리에게 물었다.

"검사 망신을 시키다니요? 혹시 제 얘기인가요……?"

"우리 지민이가 그럴 리가 있겠어? 응? 승민아, 안 그렇나?"


*　　　　*　　　　*


"최 선배, 괜찮으세요?"

모니터를 바라보던 지민이 걱정이 어린 말투로 나에게 물었다.

"괜찮아. 그렇겠거니 하고, 관심 한번 안 준 내 잘못도 있으니까."

"선배, 이건 그런 문제가……."

"지민아, 괜찮다니까."

"괜찮긴 뭐가 괜찮아? 내가 봐도 열불이 터지는구만! 이 씨부럴 놈들, 장난칠 게 따로 있지. 밥도 제대로 먹지 못하는 얼라들한테 갈 돈을 삥땅 쳐놓고 이런 글은 잘도 써놨구만?"

쾅!

○○재단에서 내게 보낸 메일과 염성훈 씨의 서류를 확인하던 선배가 기어코 분을 참지 못하고 책상을 내리쳤다.

"승민아, 니가 보낸 돈으로 인해 2층짜리 복지 센터가 완성됐다는데, 안 보이는 걸 보면 내 눈이 삐꾸인가 보다."

그동안 난 뭘 했던 걸까? 한 번만 확인했어도 막을 수 있었을 텐데.

"최 검사님, 자책하실 필요 없습니다. 이 나이 먹도록 기부 한번 해본 적 없는 제가 말씀드리기 민망할 만큼, 검사님께선 훌륭한 일을 하셨던 겁니다. 그걸 망친 저놈들이 개자식들일 뿐이구요."

"수사관님께서 그렇게 말씀해 주시니 마음이 조금은 나

아지네요."

"뭘요, 저는 그저 보이는 대로 말씀드린 것뿐입니다."

"그나저나 다른 죄를 추가해서라도 이 망할 놈들을 평생 감방에서 썩게 하고 싶은걸 보면, 이래서 관련된 사건은 맡지 않는 게 낫나 봅니다."

"새끼. 그래, 욕봤다. 이제부턴 우리가 맡을 테니까, 그만 가봐."

"예, 선배. 그럼 잘 부탁드려요."


사건을 부탁하고 사무실로 돌아오자, 내 심정을 모르는 이 수사관이 내게 달려왔다.

"검사님, 내부 고발이라더니, 어떻게 되셨습니까?"

숨겨 봐야 어차피 알게 되겠지.

"아, 그거요. 임 선배께 부탁드렸어요."

"예? 임 검사님께요?"

"예, 사정이 좀 있어서요."

"그렇습니까? 그건 그렇고, 검사님 괜찮으십니까? 안색이 조금 안 좋아 보이십니다."

"괜찮습니다. 신경 쓰지 않으셔도 돼요."

괜찮다는 말을 듣고도 뭔가 이상했는지, 수사관은 자리로 돌아간 후에도 계속해서 이쪽을 힐끔힐끔 바라봤다.

이럴 때 보면 눈치가 아예 없는 건 아닌데.

지이잉— 지이잉—

음, 누구지?

『다시 한 번』 6권에 계속…

이제부터 전자책은

# 이젠북

## www.ezenbook.co.kr

새로운 세계가 열린다!

김재한 『성운을 먹는 자』 　철백 『대무사』
니콜로 『마왕의 게임』 　가프 『궁극의 쉐프』
이경영 『그라니트:용들의 땅』 　문용신 『절대호위』
탁목조 『일곱 번째 달의 무르무르』 　천지무천 『변혁 1990』
강성곤 『메이저리거』 　SOKIN 『코더 이용호』

**이름만 들어도 황홀할 정도의 별들의 향연!**
이들의 "유료연재"가 시작됩니다!

검색창에 **이젠북**을 쳐보세요!

# 초대형 24시 만화방

신간 100%, 샤워실, 흡연실, 수면실(침대석), 커플석, 세탁기 완비

## ■ 강북 노원역점 ■

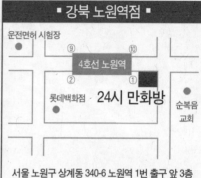

서울 노원구 상계동 340-6 노원역 1번 출구 앞 3층
02) 951-8324 (화용빌딩 3층)

## ■ 일산 정발산역점 ■

경찰서 ●          정발산역 ●

제2 공영주차장 ●          롯데백화점 ●

**24시 만화방**

| E | C | A |
|---|---|---|
|   | 라페스타 |   |
| F | D | B |

라페스타 E동 건너편 먹자골목 내 객잔건물 5층
031) 914-1957

## ■ 일산 화정역점 ■

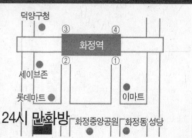

경기도 고양시 덕양구 화정동 984번지 서일빌딩 7층
031) 979-4874 (서일사우나 건물 7층)

## ■ 부천 역곡역점 ■

역곡역(가톨릭대)

● CGV

역곡남부역 사거리

**24시 만화방**          홈플러스 ●

삼성 디지털프라자 ●

역곡남부역 기업은행 건물 3층
032) 665-5525

## ■ 부평역점 ■

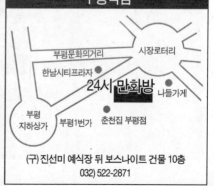

(구) 진선미 예식장 뒤 보스나이트 건물 10층
032) 522-2871

# 이계진입 리로디드

임경배 퓨전 판타지 소설

FUSION FANTASTIC STORY

『권왕전생』임경배의 2015년 신작!

# 『이계진입 리로디드』

**왕의 심장이 불타 사라질 때,
현세의 운명을 초월한 존재가 이 땅에 강림하리라!**

폭군으로부터 이세계를 구원한 지구인 소년 성시한.
부와 명예, 아름다운 연인…
해피엔딩으로 이야기는 끝인 줄 알았건만
그 대가는 지구로의 무참한 추방이었다.
그리고 10년 후……

**"내가 돌아왔다! 이 개자식들아!"**

**한 번 세상을 구한 영웅의 이계 '재' 진입 이야기!**

Book Publishing CHUNGEORAM

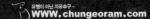

강준현 장편소설
FUSION FANTASTIC STORY
인생을 바꿔라
『복수의 길』, 『개척자』 강준현 작가의
2016년 신작!
자신이 무엇인지 알지 못하는 정신체, 염.
세상을 떠돌며 사람의 몸속으로 들어가
에너지를 얻고 나오길 반복하던 어느 날.
사고로 인한 하반신 마비, 애인의 이별 선언,
삶에 지쳐 자살하려는 김철의 몸에 들어가게 되는데……
"뭐, 뭐야! 아직도 못 벗어났단 말이야?"
새로운 삶을 살리라,
정처 없이 떠돌던 그의 인생 개척이 시작된다!
"어떤 삶인지 궁금하다고? 그럼 한번 따라와 봐."
Book Publishing CHUNGEORAM
유행이 아닌 자유추구 -
WWW.chungeoram.com

궁극의 쉐프

*Ultimate chef*

가프 장편소설

*FUSION FANTASTIC STORY*

태초의 우물에서 찾은 사막의 기적.
사람의 식성과 식욕을 색으로 읽어내는 능력은
요리의 차원을 한 단계 드높인다.

『궁극의 쉐프』

요리란!
접시 위에 자신의 모든 것을 담아내는 것.

쉐프란!
그 요리에 자신의 가치를 증명하는 사람.

*"요리 하나로 사람의 운명도 좌우할 수 있습니다."*

혀를 위한 요리가 아닌, 마음을 돌보는 요리를 꿈꾸는
궁극의 쉐프 손장태의 여정이 시작된다!

Book Publishing CHUNGEORAM

유행이 아닌 자유추구 -
WWW.chungeoram.com

철순 장편소설

FUSION FANTASTIC STORY

# 괴물 포식자

지구 곳곳에 나타난 차원의 균열.
그것은 인류에게 종말을 고하는 신호탄이었다.

## 『괴물 포식자』

괴물을 먹어치우며 성장한 지구 최강의 사내, 신혁돈.
그는 자신의 힘을 두려워한 인류에 의해
인류의 배신자라는 낙인이 찍히고 죽게 되는데…

[잠식이 100%에 달했습니다.]
[히든 피스! 잠들어 있던 피닉스의 심장이 깨어납니다.]

불사의 괴물, 피닉스의 심장은
신혁돈을 15년 전으로 회귀하게 한다.

**먹어라! 그리고 강해져라!
괴물 포식자 신혁돈의 전설이 시작된다!**

Book Publishing CHUNGEORAM